転生
オズの魔法使い

内田 健

角川春樹事務所

目次

物語は、作者によって作られる。だが多くの読者に読み継がれていくことで、いつしか、名作と呼ばれる物語には、作者の思い以上の願望が籠《こ》められるのではないだろうか。そしてその思いが、新たなる結末を求め、似たような境遇の者を取り込んだとしたら——

第一章　転生

空気の匂《にお》いが澄《す》んでいた。いつも感じる排気ガスの匂いがない。
そして目の前にあるはずの校舎が消えていた。
かわりにあるのは森。
うっそうとした森だった。
森の奥から兎《うさぎ》の匂いがする。こちらを窺《うかが》っているようだった。
兎の匂い？
松島拓実《まつしまたくみ》はそう感じて自分の感覚を疑った。
少なくとも森の奥の兎の匂いを感じるような嗅覚《きゅうかく》は持っていない。
夢なのか？
と思った瞬間。
「最初についたのはライオンかい」

背後から不意に女性の声がした。

思わず振り向いた。香水のいい匂いがする。花の香りだ。

兎の匂いは感じたのにこの香水の匂いを感じなかったのはなぜなのだろう。

「その顔だとまだわかってないようだな」

妙齢《みょうれい》の女性はそう言ってにやりと笑った。

「わたしは北の魔女。わたしには決まった名前がなくてね。魔女とでも呼んでくれたらいい。それだとやりにくければ、そうだな……ユミルとでも呼んでくれ」

「名前がないんですか？」

拓実は思わず訊《き》く。

「名前に意味がある生活をしていないんだ。でもしばらくの間は意味があるだろう。君にここの、オズの魔法の国のことを教えるまではね」

「オズ？　魔法の国？」

「そうだよ。君は今日からここの住人なのさ。ライオンくん」

そう言われて、拓実は自分の手を見た。

腕にはびっしりとライオンの毛が生《は》えている。人間の腕にライオンの毛。

「うわっ!?」

思わず叫んだ。

「毛皮⁉」

「ふっ、可愛《かわい》いじゃないか」

魔女は声を上げて笑った。なんというか、綺麗な声である。

こんな状態なのに彼女の笑い声は耳に心地よい。

やや露出の多い服に、大きな胸。

高校生の男子にはいささか刺激の強い恰好《かっこう》だ。

ちょっと直視しがたい。

そんな拓実の初心《うぶ》さにふっと笑った北の魔女あらためユミルは

「ふむ」

目を明後日《あさって》の方向に向けた。

「どうやら、次のお客さんのようだよ」

「え？」

ふわりとそよ風が舞う。

つられてそちらを見ると、そこには栗毛《くりげ》の少女が佇《たたず》んでいた。見た目は十一、二歳くらいだろうか。

さっきまでそこには誰《だれ》もいなかったのに。

明らかに良くなっている鼻も、今この瞬間に少女が現れたと訴《うった》えている。

「あれ？　え？」

少女はきょろきょろとあたりを見回し、そして拓実とユミルを見て目を白黒させた。

「ら、ライオン？」

魔女にも驚いたのだろうが、それ以上に拓実の姿に驚いているようだ。

獅子《しし》が二本足で立っているわけで。

立っているのは自分で。

彼女の驚きも無理はない。

「……楓《かえで》？」

一方の拓実もまた、驚いていた。

初めて会う少女だったのに、初めて聞く声ではなかったからだ。

「えっ？　拓実くん？」

その声は、というやつだ。

少女の声を聞いて誰か理解した拓実と同様に、少女から質問が飛んだ。

「な、なんだその姿」

彼女はもともと黒髪だったのに、栗毛に変わっている。

同級生に髪を似た色に染めた女子がいたけれど、楓は髪を染めるような趣味は持っていない。

顔立ちも違うが、声と「拓実くん」という呼び方は、そして鋭敏《えいびん》になった鼻が嗅《か》ぐ香りは、間違いなく拓実が知る幼馴染《おさななじみ》の楓だ。

どうして幼馴染が自分と一緒に異世界にいるのだろう。夢だと思うのが一番現実感のある答えだった。

しかしあたりの気配や空気の匂いなどが、これが現実だと教えている。

「これは夢なのかな」

思わず言った。

「それはわたしのセリフなんだけど⁉」

ライオンじゃん！

と声を荒らげる楓。

「確かに」

納得せざるをえなかった。

「何が『確かに』よ！」

声真似《こえまね》のクオリティが地味に高い。

そんな二人の漫才《まんざい》にくつくつと笑うユミル。

「仲が良くてよろしい。さて、話の途中だがまだまだ来るぞ」

「えっ？」

「何を……」

というかそもそもこの魔女っぽい人は誰なのだろうか、という疑問を楓は抱いているが、疑問を解消する暇《ひま》さえ、今は無い。

「えーっ！　ライオンが立って歩いてる！」

「うわ、マジだ！」

何もない草原の上が光り輝く。

その光が収まり、聞こえたのは男女の声。

わらで出来たかかしと、ブリキの人形が現れたのだ。

女子の声と、男子の声。

共通するのは、どちらも非常に元気でよくとおるということ。

やかましい、ともいう。

「ええ⁉　わらのかかしとブリキの人形⁉」

苦手な蜘蛛《くも》といきなり出くわした時のように驚く楓。

もうしっちゃかめっちゃかだ。

逆に拓実はそこまで驚いていない。

いや、驚いていることは間違いないのだけど、楓が拓実の分まで驚いてくれたわけで。

拓実自身ライオンになっているのも一役買っているけれど。

この時拓実は、楓が驚いたのはわらのかかしとブリキの人形がしゃべっていることだと思っていた。

「ふっ、これで役者はそろったね」

栗毛の少女、二足歩行のライオン、わらのかかしにブリキの人形。

そろったのを見て北の魔女はぱんぱんと手を叩《たた》いた。

全員の注目が集まったのを確認し、ユミルは話し出す。

「さて、そこのライオンくんにも言ったけど、わたしはユミルという。君たちにも色々と言いたいことはあるだろうが、まずは一息つくというのはどうかな？」

草原のど真ん中で騒いでいても埒《らち》が明かないのはその通り。

驚愕《きょうがく》のさなかではあるが、拓実たちとて聞き分けの無い子どもでもなく、ユミルの言葉に賛成だ。
「……それがいいですね」
楓も賛同した。
「うん、じゃあ案内しよう」
ユミルが歩き出した。
彼女の、いわゆる大人の余裕というか貫禄《かんろく》というか。
言葉では言い表せぬなにかにあてられた四人は大人しくついていく。
幼少期を過ぎてからはひさしく感じることがなかった自然の香り。
それを楽しみながら、木漏《こも》れ日差し込む森の小道を歩くことしばし。
危機感がないともいえるが、現実感もない。
その先にはそれなりに大きな二階建てのログハウスがあった。
「これがわたしの家だ。遠慮《えんりよ》なくあがってくれたまえ」
正面のこじゃれたデッキを上がって玄関ドアを開ける。
必要最低限の物が設置されたしゃれたリビングに出迎えられた。
鼻に優しい木の匂いを感じつつ、案内されるままソファに四人、腰かける。
ユミルの手によって手早く淹《い》れられたお茶が五人分。

ゆるやかにくゆるさわやかな香りはハーブティだろうか。

お茶に詳しくはない拓実には判断がつかないけれど、鋭敏になった鼻的にそこまではわかる。

「さて……」

全員が腰を落ち着けたところで。

「色々と話したいことがあるだろうが、その前にひとつ」

ユミルが視線を、おもむろに楓に向けた。

「君は、気付いていることがあるね？」

そう水を向けられた楓は、少しスーッとするお茶を一口飲んで。

「……はい。わたしは、オズの魔法使い、を思い浮かべました」

オズの魔法使い。

そういえばユミルが言っていた。

オズの魔法の国のことを教える、と。

「オズって、オズ？」

ちょっと頭の悪い発言をしたのはわらのかかし。

声は間違いなく女の子で、よく見れば女子の感じが出ている。

「オレも名前だけは知ってるぜ」

ブリキの人形が追随《ついずい》する。

本に興味がないような人だったとしても、題名くらいなら知っている。オズの魔法使いというのは、世界的な名作なのだから。

かくいう拓実もその口だ。

題名はよく知っているけれど、読んだことは無い。

「やはり、君はオズの魔法使いを読んだことがあるようだね?」

「はい。本は、好きなので……」

ライオン、わらのかかし、そしてブリキのきこり。

それに加えて主人公の女の子。

オズの魔法使いの主要な登場人物だと楓は言った。

「うん、話が早くて助かるよ」

ユミルは笑って立ち上がる。

「そうとも。君たちは全員、オズの魔法使いの登場人物だ」

言いながら一人ずつ視線を向けて。

「君はドロシー。君はライオン。君はわらのかかし。君はブリキのきこりだ」

思い出す。

かつて親に買ってもらったものの、読まなかった本の表紙を。

そこには確かに、女の子とライオン、わらのかかしとブリキのきこりが描かれていた。

「ちょ、ちょっと待ってよ！　なんであーしたちがそんなもんになってんのさ！」

「そうだ！　元の世界に戻してくれよ！」

と声を荒らげるわらのかかしとブリキのきこり。

もっともな主張だ。

しかしこうも思う。

不満を訴えたところで、現状は変わらないと。

「気持ちは分かるけどね」

ユミルは首を左右に振る。

「君たちが誰かを自分の世界に召喚《しょうかん》するとして、目的もなしに呼ぶだろうか。わざわざ変身させてまで。そして何も為《な》さないまま、元の世界に帰してもらえると思うかね」

「……」

わらのかかしとブリキのきこりは黙り込んだ。

その通りだと思ってしまった。

「君たちには役割があるとわたしはにらんでいる」

そう言いながら、ユミルは何もない空間に手を突っ込んだ。

なんだろうか。

手首から先が見えなくなっている。

「ああそうか。君たちは魔法を見るのは初めてかね？」

うんうんと頷《うなず》くユミル。

「これは空間魔法だよ。この中は倉庫になっているんだ」

初めての魔法。

しかしその感動も一瞬。

ユミルが中から目的のものを取り出したことで、閉じてしまったからだ。

「まずはこれを見てもらおうかな」

とりだしたものをテーブルの上に置く。

それは、黄金の靴《くつ》だった。

「うわ、趣味わるっ」

「色は好きだけどな。形はダメだこりゃ」

かかしときこりの評価は散々。

拓実と楓も似たようなもの。

そこまでギラギラしてはいないので百歩譲《ゆず》って色はいいとしても。

先がとがった形は微妙だった。

しかし。

形は微妙だとしても、この靴には大きな意味があるのだとユミルが告《つ》げた。

「この靴は、東の魔女が履《は》いていたものだと言えば、君は分かるかな？」

「えっ？」

ドロシーの姿をした楓は目を白黒させた。

その驚きの意味が分からない拓実たちは首をかしげるのみ。

「えっと、東の魔女が履いている靴は、原典だと銀色なんだよね……」

しかしユミルは、この靴を東の魔女が履いていた、と言った。

「気が動転していて気付かなかっただろうけれど、近くに小屋があってね。そこには
この靴が転がっていたのだよ」

飛んできたドロシーの小屋が東の魔女をつぶしてやっつけてしまった。

そこで銀の靴と帽子《ぼうし》を手に入れるのだが、落ちていたのは金の靴だけだった。

しかも、そこには東の魔女がいた痕跡《こんせき》が残っていなかったらしいのだ。

「魔法が使えるからといって、さすがに死んだら霧散《むさん》するような性質は持っていないからね」

金の靴が残っていた。

死体は残らなかった。

ずいぶんと違う。

「確か、原典で小屋に潰《つぶ》された東の魔女の足は見えていましたね」

「このオズの魔法使いの世界は、何者かによって改変を受けている。……わたしは、そうにらんでいるんだ」

北の魔女は一口お茶を飲んだ。

「このオズの世界は、偉大なる魔法使いオズによって統治されている。その力によってもたらされるのは、完全なる調和——のはずだ。だが今この世界は、お世辞にも調和している、とは言えない」

「どこが、でしょうか……」

楓が代表して聞く。

「それが、わからないんだ。だがその影響は私たち魔女にも及《およ》ぼされていると見てい
い。だから、調和していないのはわかる、本当のオズは今とは違った、確かにそうは
思えるのだが、その姿が思い浮かばないんだ……」
　首を横に振り、ユミルは嘆息《たんそく》する。
「だから、招かれた客である君たちに、その改変を探ってもらいたいし、そのために
できることはしてあげたいと思っているよ。そのために、今日君たちがここに来ると
察知して、待っていたんだ」
「それをすれば、帰れるんですね」
「うん」
　ユミルはまたお茶に口をつけたが、冷めかかって渋《しぶ》みが増していたのか、少し眉《まゆ》を
ひそめる。
　その渋さで気を取り直したらしい。話を纏《まと》める。
「わたしの推測が正しければ、君たちはこの世界の異変を解決しなければならない」
　オズの世界が改変を受けている。
「なぜならば改変を受けたオズの世界が、それを食い止めるべく抑止力《よくしりょく》を求めた」
　その結果、オズの魔法使いの登場人物に変身した拓実たちが異世界から召喚された。

「君たちは、皆知り合いなのかな？　もしかしたら、この中の誰かに、改変の理由があるのかもしれないね。なんたって、〝主人公〟なのだから」

ユミルはこの世界の住人ながら、どこまで〝原典〟の存在を知っているのだろう。

ともかく、拓実たちは改変を食い止める役目を負《お》っている。

ユミルはそう言った。

理解できる話だった。

「その推測、どのくらい当たってると考えてますか？」

「そうだね。まだ何とも言えないけれど、今のところはこの方針で行くのがいいとは思っているよ」

馬鹿なことを聞いた、と拓実は恥ずかしくなった。

今の段階で分かるわけがない。

それが分かっているなら言い切ったはず。

推測、という前置きつきだったのだから。

「ふむ、わたしの推測に異論はなさそうだね？」

あるはずがない。

しっかりと筋が通った話だった。

貫禄もあって頭の回転も速く、端的にいえば賢《かしこ》い。

そんな人物の話だからこそ、理解もしたし納得しようという気になれた。

「それを踏《ふ》まえて、わたしは、君たちがこのオズの世界で生きて行けるように鍛《きた》えてあげようと考えている」

「え？」

「はあ……」

「なんで？」

「そうなるんだよ」

全員が口々に文句を言う。

何を踏まえて、なのか。

唐突な話の変化についていけない。

「異変の原因を知っているのなら、やはり統治者であるオズだろう。だけど、彼は魔女が嫌いなのか会ってくれないんだ。ならば君たちが直接会いに行くしかないが、この国で最も偉大な魔法使いだ、君たちが会うためにはそれなりの成果を上げないとならない」

ユミルの話は一々筋道立っていて納得がいく。

「というわけで君たちが改変を止めるために動く以上、生きる力は必要だよ」

戸惑《とまど》う四人に告げる。

「オズの世界はきっと、今のままの君たちにはそんなに甘くない。ちょうどおあつらえ向きの状況になったし、今からそれを教えてあげよう」

ちょっと強引に。

有無を言わさぬ空気を醸《かも》し出してユミルが立ち上がる。

おあつらえ向きの状況とはどういうことなのか。

その答えは、小屋を出てすぐに理解した。

ログハウスの外には、熊《くま》の身体《からだ》に虎《とら》の頭をした怪物がいて、腕を振り回していた。

何やら不思議な膜《まく》が隔《へだ》てているようで、見えない壁を怪物が殴《なぐ》るたびに、空中に波紋が広がっている。

すさまじい迫力に腰が引ける。

不良がちょっとすごんだのとはわけが違う、本物の殺気、命の危機を感じた。

「心配いらぬ。このログハウスの周りは、敵意を持つ者を通さぬ結界が張ってあるからな」

四人の反応をほほえましく見守りながら、ユミルはすたすたと怪物に向かって歩いて行った。

「あ、あれはカリダですか⁉」

虎の頭に熊の身体の怪物。

オズの魔法使いに出てくるモンスターだ。

「惜《お》しいな、ほぼ正解だ」

ほぼ正解。つまり少々の違いもあるということ。

北の魔女は杖《つえ》を手にしていた。

ついさっきまで両手は空《あ》いていたので、空間魔法で取り出したのだろう。

「あれはカリダになる前、つまり幼体だ。カリと呼称されている」

「幼体……」

冗談《じょうだん》であってほしい。

怪物にユミルが近づいたから分かる。

既にユミルの倍の体高があるじゃないか。

これが幼体なら、成体になったらどれだけ大きくなるのだろう。

「君に恨《うら》みはないが、消えてもらおう」

ごう、と火が地面から噴き出して。

その業火《ごうか》にまかれたカリは丸焦《まるこ》げの炭になってずしゃりと伏した。

「カリダは幼体のころから非常に獰猛《どうもう》でな、それに非常に強く頭も良い。こういった怪物が跋扈《ばっこ》する世界を生きるとなれば、前準備はあったほうがよいだろう？」

「冗談じゃねえよ！　あんなのに勝てるわきゃないだろ！」

「戦えだなんて、いくらなんでもひどすぎるし！　あーしやだよう！　帰りたいよう！」

かかしとブリキが声を張り上げる。

彼らの言う通りだ。冗談じゃない。

つまり、アレと戦えということだろう？

ほら、現に楓はビビっているじゃないか。

だから、楓のためになら、声を上げられる。

「こんな体で戦うなんて、到底無理です！」

「ふ、それだけ声を出せるなら十分だよ」

ユミルはそう言って笑うのみ。

「まあ、とはいえ、オズの世界の住人として、別世界の者に頼るだけというのも心苦しい」

カツカツと、杖を突きながら歩いてくる北の魔女。

その風貌《ふうぼう》、その落ち着き払った気配。

彼女がまとうすべて、格が違った。

「できうる限りの手ほどきをしよう」

◇

一夜明けても目はさめなかった。

つまりオズに来たことが夢だという可能性はまったくないというわけだ。

すると魔女の手ほどきを受けるのも本当のことだろう。

それがいやというわけではない。しかしどこか現実感のない不思議な感じはする。

まあいいか。

拓実はそう思った。

もとの世界にしてもさして目標があったわけでもない。どうせ帰れないのならここでやれることはやっておこう。

ベッドから起き上がった拓実の頭を占《し》めていたのはその言葉だった。

「うーん、微妙に寝られなかった……」

ぐっすりと寝られたら良かったのだけど、どうやらそこまで図太くはなかったようだ。

ともあれ、一晩横になっていただけあってずいぶんとスッキリとはしている。

全く寝られなかったわけではなく、何度か目が覚《さ》めてしまっただけだから。

「やっぱライオンだなぁ」

部屋にある姿見《すがたみ》には、服を着て二足歩行するライオンがそこにいた。

いや、これは拓実の知識でいうところの獣人というやつだろう。

ごわごわとはしていないが、自分の腕や足に毛皮があるのは違和感しかない。

枕には、茶色の毛がたくさんついている。

そしてすべての感覚が鋭くなっていた。人間よりもグレードアップしている感じだ。

「まあ……それどころじゃ、ないんだけどな」

今日から、ユミルが言う手ほどきとやらが始まる。

果たして一体何をやらされるやら。

そんな疑問を浮かべていたからか、あっという間にその時間はやってきた。

拓実たちはログハウス前のスペースに集められて、相対するようにユミルが仁王立《におうだ》ちしている。

「そんで、一体何やるってんだよ」

ブリキのきこり（山西雄一《やまにしゆういち》）が口火を切り。

「ゆーてこんな身体でできることなんてなさそうだしー？」

わらのかかし（天野梓《あまのあずさ》）が追随した。

昨晩の夕食時に話をしたところ、ブリキのきこりとわらのかかしは、クラスメイトの山西と天野であることがわかった。

目立たない方だった拓実と違い明るくムードメーカーで、クラスの中心だったふたりだ。

ついでに恋人同士でバカップル。楓とも仲が良かった、はず。

そんな二人とはクラスではほとんど関《かか》わりはなく、たまに話をするくらいだった。

でも、別世界に来てしまったらそんなことは言っていられない。

クラスメイトであることだし、協力して行こうと決めたのだ。

「まあ、色々理屈をこねるよりは実践《じっせん》してみた方が分かりやすかろう」

そういうと、ユミルは魔法を使って岩を生み出した。

ボコっといきなり生えた岩に全員が驚く。

「うおっ⁉」

「わあっ！」

高さ二メートルくらいだろうか。

一般成人男性よりも少し大きいくらいの岩だ。

「ライオンくん、これを持ち上げてみてくれるかい」

「はあ？」

できるわけないだろう。

計算式なんて分からない。

だけど、この大きさの岩なら、間違いなくトン単位の重量があるはず。

とはいえ、このままでは話が進まない。

持てないことを示せばいいのだから簡単だ。

拓実は岩を抱えるようにして、地面を踏みしめ腰を落とす。

「……？」

おかしい。

あれ。

この大きさの岩なのに重圧を感じない。

「ふんぬっ！」

それに気付いた時には遅かった。

気合の入った掛け声に合わせてずぼりと地面から抜けた。

地面から抜けただけならいいのだが、勢いが良すぎて腕からも抜けてしまった。

岩が空高く飛んで行く光景は冗談のようだ。

「……っ!?」

「心配いらぬよ」

北の魔女の魔法で、岩がゆっくりと安全に地面に降りた。

「なんだ、この力……」

ユミルの魔法もさることながら、まさか自分にこんな力があるなんて。

驚いているのは拓実だけではなかった。

「それが獅子の力よ」

「ライオンの力が強いのは分かりますが、さすがにこんなパワーはライオンには
……」

「そこはまあ、君たちが今目にしているものが現実、という解釈で良かろう」

簡単に言ってくれる。

「そもそも魔法がある世界だ。君たちには君たちの常識があってしかるべきだが、それが通用しないこともあってしかるべきだろう」

言われてみればそれもそうだ。

世界が違うのだから、常識が違ってもおかしくはない。

「とまれ、いかがだろうか？」

ユミルが両手を広げる。

「君たちにはこれだけの素質があるんだ。訓練が必要だと思わないかな？」

「あんな怪物みたいな力あーしにはないし！」

わらの身体にこんな力があるわけがないと天野が吠《ほ》える。

「全員が一様に同じ力があるわけでもなかろう。だが、みなそれぞれ得意分野があるはずだ」

金の靴を取り出して置くユミル。

「ドロシーくん、君はこの靴を履いてみたまえ」

「えっ……」

このダサい靴を履かなければならないのか、と尻《しり》ごみをする楓。

しかし。

「さあさあ」

ぐいぐいと圧《お》され、楓はしぶしぶと履き替えた。

ギラギラを輝く黄金色がまぶしい。

「それは魔法の杖代わりになる。ドロシー、君は、魔法使いになるんだ」

「……！」

まさかの魔法使い。

わくわくを抑《おさ》えきれない楓。

「とまあこんなところだよ。どうだい？　わたしの訓練、受けてみるかね？」

こんな力があるのなら、やってみる価値はあるのかもしれない。

◇

「せーのっ！」

強く踏み込んで走り出す。

制御できない速さ。

「うわっ！　とっと……、ぶっ！」

足元がおぼつかなくてすっころぶ。

地面に強くぶつかり転がるが、多少痛みがある程度で擦《かす》り傷一つできない丈夫な体。

「それでどのくらいだ？」

「ええと、大体六割って感触ですかね？」

自分の力加減を何となく伝える。

「なるほどな。ぎりぎり使えるのはようやく五割というところか」

それ以上は身体の動きに頭がついていかない。

制御が効《き》かない。

「こんなに大変だなんて……」

修行を始めて一週間。

拓実はここまで難しいことに行き詰まりを感じている。

「仕方あるまい。ライオンくんの身体能力は今や人間の数十倍……いや、それではおさまらないかもしれぬ」

ユミルが拓実の肩を叩く。

「そんなもの、ついていかなくて当然だろう。こればかりは時間が解決するだろうな」

「そうですよねぇ」

三割くらいまでは割と簡単に制御できるようになった。

それ以降が大変だった。

「この身体の能力を十全に使いこなせるようになった時、どれだけ超人的な動きができるかを考えると心が躍《おど》らぬか？」

「それは、まあ……」

拓実も男の子、それがないといえば嘘《うそ》になる。

「とはいえ、ここから先は自分の感覚とのすり合わせ作業だ。焦《あせ》っても変わらぬよ」

「分かりました」

じっくりとやらざるをえない。

拓実は自分との会話を繰り返す。

一方で楓。

「炎よ来たれ！」

手のひらに火が生まれて放たれる。

的《まと》である鎧《よろい》の表面が焦げた。

「うむ、順調だな」

魔法を覚えた楓は、魔法を使うことに慣れる習熟の段階。

「はい、炎ならそれなりに使えるようになりました」

威力はともかく、精度や速度などはずいぶんよくなってきた。

「まさか、わたしが魔法を使えるようになるなんて……この靴のおかげですね」

「まあそれもあるが、そなたにもちゃんと素質があっただけのこと」

「そうでしょうか」

ドロシーは魔法を使ったからか。

「もちろんそなたの努力があってこそのものだ」

「そうですか……」

「うむ」

言いきられて少し安心した楓。

「さて、ドロシーくんには早いところ、火の魔法を使いこなしてもらわないとな」

「え？」

「何を素《す》っ頓狂《とんきょう》な。まさか覚える魔法が一つだけで済むなどと思ってはいまい？」

「……」

ユミルは諭《さと》すように言う。

「せっかく、魔法使いは万能になれる可能性を秘めているんだ。どうせなら目指した方がよかろう？」

「それはそうですが……」

素質があったとはいえ一つ覚えるのも苦労したので、これを複数となると気が重い。

「火の魔法一つとっても、日常使いから攻撃まで用途は様々だ。それは当然、他の魔法にも言えることだよ」

それは確かに。

攻撃はもちろん、明かりにしたり暖をとったり、できることは多岐《たき》にわたる。

でも。

「こんな力……本当に必要なんでしょうか」

視線の先には焦げている鎧。

人を傷つける力。

「ふむ。どういうことだ？」

「だって……この世界は、オズの魔法使いじゃないですか……」

女の子が仲間と共にしゃべる動物などと協力しながらカンザスへ帰るお話。

そこに戦いなんてあっただろうか。

「改変後のこの世界では、何が起こるかが分からんよ。先日のカリひとつとっても、アレの被害者は毎年何人も出ている」

「そんな……」

オズの原典には出てこないリアルということか。

「この世界は君が思うよりも危険で優しくないとも。わたしとしては、戦う力も、身を守る力も持たない者は送りだせぬ」

「それは、分かります……」

自分が送り出す側だったなら。

そんな無責任なことはできない。

「分かってもらえて何よりだよ。さて、さっそくだが、次の魔法に挑戦してもらおうか」

「はい……！」

命がかかっているともなれば、やらない理由などない。

もともと真剣にはやっていたし、幼いころの夢が叶《かな》う魔法の訓練に夢中になっていたのは事実。

ただ、他者を傷つけうる力を身に付けるのが正しいのか、と感じていただけで。

やる理由があるのなら、やらない理由は無かった。

◇

体が軽かった。

オズの空気は澄《す》んでいる。日本の空気とはまるで違った。酸素が少し濃いのかもしれない。

そしてオズにすっかり慣れている自分がいた。

拓実はもとの世界に対して案外と淡泊な自分に驚いていた。しかしそれも仕方がない。もとの世界には自分の役割はない。

しかしここにはライオンとしての役割が明確にある。

それがとても楽しいのである。

そうして訓練に明け暮れて。

気が付けば一か月が経過していた。最初の内にあった戸惑いや帰れないという不満も、今は何とか消化して、帰るために全力を尽《つ》くそう、というようになっている。

「うむうむ。みな一定以上の実力を得られているな」

そうして四人の訓練課程をなぞったユミルは、そう断言した。

「本当ですか？」

「本当だとも。北の魔女が言うのだ。君たちはこの世界でも指折りの実力を手にしたと言ってもいい」

「やった……！」

拓実の問いかけにユミルがそう答えると、努力が報《むく》われた楓が喜んでライオンの毛皮に飛び込んだ。

「う……っ！」

「あー……毛皮癒《いや》される ぅ……」

彼女はこんなんだっただろうか。

拓実はそれに対する答えを持たない。

そもそも、男子にこんな気軽に抱き着けるようなたちじゃなかったような。

幼いころはよく遊んでいたけれど、物心がついてからはやや疎遠《そえん》気味だったので、余計に。

「お、おい、ちょっとは自重《じちょう》しろよ……」

「ええ？　何言ってんの、ただのライオンじゃない」

その想《おも》いを込めてたしなめてみれば、そんなすげない返事で一蹴《いっしゅう》されてしまう。

「……」

男として見られていない事実に、拓実は何とも言えず。

いや確かに、見た目はライオンなのはその通りだけれども。

「いやぁ、慣れるのに苦労したぜ」

山西が苦労を思い出す。

人間の身体じゃなくなった山西には別の大変さがあった。

「人間の常識にとらわれない、という意味では君が一番大変だったろうね」

「それだよな。でも今じゃこうだ」

腕がぐるんぐるんと回る。

人間が腕を回すのに似ているが、間違いなく人間ではありえない動きだ。

生き物の常識に縛《しば》られない動き。

それに加えて、ブリキの人形ということでかなりのトルクがあって、シンプルな力比べだけなら拓実以上である。

「すべての関節を動かせるようになったな。後はそれを同時に動かせればなおいいのだが」

「そいつがなかなか大変でなぁ……」

今は一部分を動かすのが精いっぱいのようだ。

手を動かしながら首を回したりといった真似はまだできていない。

とはいえ、これで人間の動きにとらわれずに大きな斧《おの》を振り回すとなれば、相手が知性が高いほどに有効だとユミルは言う。

「いいなぁ、あーしも斧とか剣とかブンブンやりたいなぁ」

わらのかかしの細腕を振り回す天野。

彼女も当然戦闘訓練をしていたが、短剣を使った繊細《せんさい》な戦いの修行をしていた。

「君にはそんなパワフルな戦いは要《い》らぬよ」

ユミルが言う通り、天野の強みはそこではない。

わらの身体ということでかなり身軽なことと、それ以上に彼女だけの特徴《とくちょう》があった。

「その勘の良さ、目の付け所は誰でも真似できるものじゃあない。誇っていいものだよ」

「そーはいってもさー……」

目立たないことを嘆《なげ》く天野。

ユミルは苦笑するのみ。

「ま、今言っても実感はわかぬか。実戦を経験してからだろうよ」

百回説明を聞くよりも、一回の実践に勝《まさ》るものなし。

「定期的な訓練は続けてもらおうと思うが、そろそろ近くの街に行ってみてもいいかもしれんね」

街に。

前からそういう展望は聞いていたけれど、ついにその時が来たのだ。

「さっそく、街に行ってもらおうかと思った、んだけどね」

何だろうか。

この持って回った言い回しは。

「その前に、テストをしてもらおうか」

「テスト、ですか？」

「ああ。ちょうど、おあつらえ向きのヤツが近づいてきていてね」

ユミルがそう言ってから数秒後。

接近する気配に気づいた四人は森の方に顔を向けた。

そこには、頭が虎で熊の身体をした怪物。

忘れもしない。

この世界に来たばかりのころに恐怖を味わわされた、カリがいたのだ。

「あれと戦い、倒してもらおうか」

ユミルは簡単に言う。

いや、あれはかなり強い怪物だと言っていなかったか。

訓練や模擬戦《もぎせん》はしていたけれど、実戦最初の相手がカリはあんまりではないだろうか。

「心配いらないさ。わたしの見立てでは、あれに勝てるとみているよ」

「そんな……」

「いきなりあれかよ……」

大丈夫と言われて、じゃあやってみるか、と気軽にはいけない。

山西と天野はイケイケな性格だが、別に無謀なわけでもない。

「まあ、やってみるがいい。心配いらぬ。わたしが後《うし》ろで見ているからな」

いざというときには介入する構えだろうか。

それなら安心……と思ったところで、結界に穴が空いてカリが侵入してきた。

最初の邂逅《かいこう》では招かれざる客。

しかし今は招かれた客だ。

「グルルル……」

腹の底に響く唸《うな》り声と、つんと鼻をつくすえたような獣臭《けものくさ》さ。

前回は結界に阻《はば》まれて届かなかった存在感。

「ほら、黙ってると先手を取られるぞ」

ユミルが言うが、もう遅い。

すでにカリは動き始めていた。

「ちっ！」

ここで、真っ先に動いたのは山西だった。

「うおおおっ！」

ブリキの身体が、地響きを立てるかのような迫力で駆ける。

体軀《たいく》は間違いなくカリの方が大きい。

しかし、膂力《りょりょく》は、山西も負けていなかった。

上から無造作に振り下ろされた腕と、山西が振り上げた斧がぶつかり合う。

まるで自動車の衝突事故のような轟音《ごうおん》が響き渡った。

「グウっ⁉」

「くっ……」

衝撃に呻《うめ》く両者。

思わず飛びずさった山西。その顔には、驚きと、そして自信、喜び。

「やれる、やれるぞ……！」

不愉快《ふゆかい》そうなカリが、鋭い爪《つめ》をやたらめったら振り回す。

そのすべてを、山西は斧で捌《さば》いていく。

初太刀《しょだち》の渾身《こんしん》の一撃に対し、以降の攻撃はそれほどでもないようで、山西もそこまで苦しそうではない。

「はっ！」

ひょい、とカリの肩に乗って、延髄《えんずい》をナイフで切り付けて飛びのいたのは天野。

忍者のごとき身軽な動きは、この世界に来た当初では考えられなかったものだ。

「ガアアア！」

致命傷《ちめいしょう》にはならない。

しかし無傷でも済まない。

かなり鬱陶《うっとう》しいらしく、カリは分かりやすく苛立《いらだ》っていた。

その身に、カリの爪が迫る。しかし天野はそれをすべて紙一重《かみひとえ》で躱《かわ》していた。楽しんでいるのか、口角が上がっている。

「へえ！　あーしでもやれるやん！」

エセ関西弁で自画自賛、喝采《かっさい》を叫ぶ天野。

その気を引く行為《こうい》は極めて有効だ。

「もう少し……」

楓が、魔法を準備する。そのために、時間を稼《かせ》ぐくらいなら。

怖いのは間違いない。

でも、山西に加えて天野までがインファイトを挑んでいる状況で、拓実だけぼんやりしているわけにもいかない。

カリに突撃。

そのスピードはこの場にいる誰よりも速い。

身軽な身のこなしでは天野に劣《おと》るが、単純な速度は彼女をも上回る。

その突進の圧力はさすがのカリも無視できなかった。

迎え撃とうとするカリ。

山西の斧が脇腹《わきばら》を切り裂《さ》き、天野のナイフが耳を切り飛ばすが無視。

ただ拓実に攻撃をすることしか考えていない様子。

「グワアッ！」

「……っ！」

息を呑《の》んで。

足に力を籠《こ》めて方向転換、避《よ》ける。

「ガッ⁉」

目の前から拓実の姿がかき消えて、肩透《かたす》かしを食らったカリがたたらを踏んだ。

それは、圧倒的な隙《すき》。

「離れて！」

魔法を準備していた楓が、炎を生み出してそれを放った。

炎の弾丸は狙《ねら》い過《あやま》たずカリに命中し、燃え上がった。

「ギャア⁉」

カリが悲鳴を上げる。

炎は容赦《ようしゃ》なくその巨軀を焼き、やがて動きが止まって前のめりに倒れるまで消えることは無かった。

ぶすぶすとくすぶる黒煙。

あたりには肉が焼けるなんとも言えない臭《にお》いが充満していた。

「……やった……？」

黒焦げのカリは動かない。

楓の魔法がとどめとなって、完全に死体になったようだ。

「死んだんじゃん⁉」

「勝った、勝てたぜ！」

信じられなさそうな楓と、喜ぶ天野と勝鬨《かちどき》をあげる山西。

二人の攻撃はカリを釘付《くぎづ》けにして時間を稼いだ功労者。

とどめを刺した楓はＭＶＰだろう。

もちろん拓実も何もしていないわけではなく、楓のとどめのアシストはしたけれど。

ともあれ、初勝利だ。

この世界に来て初めてずいぶんと脅威《きょうい》を感じさせられたカリを倒した。

「うむうむ。このくらいは出来てもらわねばな。どうだ、勝てると言っただろう？」

緩慢《かんまん》なリズムで拍手をしながら、ユミルが四人を称賛《しょうさん》した。

そう、この北の魔女の言う通りだった。

「はい、勝てました！」

楓は喜んでいる。

生き物を殺せるような性格ではなかったが。

命を狙ってくるなら話は別、と割り切りでもしたのだろうか。

「オレたちでもやれんだな！」

「あーしはやるオンナって分かってたけどねー！　ジッサイ、結構役に立ってたしー？」

「くっくく。そうとも。きみたちのポテンシャルはそれほどのものだ。自信を持っていいんだ」

ユミルが笑う。

まるで結果が分かっていたかのように。

いや実際その通りの結果になったので、分かっていたのだろう。

「うん、やっぱりここらで一度、きみたちには街に行って自活してもらおうかな」

当初に言っていた通り、ということ。

「街に行って自活……でも、働く能力は無いですけど……」

楓の疑問ももっとも。

身に付けたのは戦う力。

何か手に職をつけたわけじゃない。

「心配いらないよ。この世界には、ハンターという仕事があってね」

ハンター。

ハンター協会に登録してそこで仕事を請《う》け負い、達成して報酬《ほうしゅう》を得る職業。

街の掃除《そうじ》などのお使い、街の外に出ての採集から怪物退治まで。

誰でもなれるけれど、実力があればあるほど稼げる、いわゆる何でも屋だ。

「そんなん、まるであーしたちのための仕事じゃん！」

「だよな！　こいつに勝てるんだから、結構やれんじゃねーか⁉」

天野と山西の息はぴったりだ。

さすがバカップル。

「そうとも。ハンターとして生きていく能力をたっぷりと仕込んだつもりだよ」

カリに勝てるくらいだ。

それなりに強くなったはず。

「実際、カリってどのくらい強いんです？　最弱ってことはないとは思いますけど……」

「最弱とはカリもかわいそうに。アレによる被害は絶《た》えぬと言ったろう？　カリを倒せるなら一人前を飛び越えて、腕利《うでき》きとして頼られるだろうさ」

拓実の質問に、ニヤリと答えるユミル。

「なるほど……ここは、ありがとうございます、というところですね」

「ふふふ、きみはよくわかっているね」

どうやら楓の言葉に満足したらしい。

うんうんとユミルは頷いた。

「さて、さっそくだ。わたしはきみたちを送り出そうと思う」

善は急げとばかりにユミルが踵《きびす》を返す。

それからしばらく。

あれよあれよという間に準備を整えさせられて。

拓実たちはログハウスから旅立つのだった。

第二章　ハンター協会

ログハウスから歩いて一日のところ。
城壁に囲まれた街レインレストがそこにあった。
喧騒《けんそう》と活気。
何かを焼く香ばしい香りや、新鮮な野菜や薬草などの青々しい香りが漂《ただよ》う。
雑然としているのだけど、空気が美味《おい》しいのはここも変わらない。
やっぱり車や工場の排ガスが無いと空気がとても美味しく感じる。
「うわあ、ファンタジーだ……」
目を輝かせる楓《かえで》。
まるでどこぞのハリウッド映画をほうふつとさせるような光景が広がっていた。
感動しているのは楓だけではなく、拓実《たくみ》も山西《やまにし》も、天野《あまの》も同様だ。
四人はしばらく、満足するまで街の光景を眺《なが》めるおのぼりさんと化した。

「浮くんじゃないかと思ってたけど、大丈夫そうだな……」

栗毛《くりげ》の少女であるドロシーは、金色の趣味が悪い靴《くつ》を除けば極めて普通だ。

いや、よく見ればかなり奇抜《きばつ》な恰好《かっこう》をしている人もそこらを歩いているので、靴くらいでは特に目立ちそうにもない。

それ以上に、喋《しゃべ》るライオン、ブリキのきこり、わらのかかしがいるのだから悪目立ちするんじゃないかとも思っていたが……。

「別にあーしたちが目立つってわけでもなさそーじゃん？」

「あそこ。バッタが歩いてんぜ」

二足歩行のバッタの露店では、見た目も動作も明らかにゴリラな客が値切り交渉している。

拓実たちも知る生き物であるだけまだマシ、ともいえる。

「バッタならまだマシだな……」

「そうだなぁ」

拓実と山西が目を向けた先には、タルが歩いている。

見まがうことなき木のタルだ。

「オズの世界ってこういう住人がいるのがデフォなのか？」

「うーん……本編には出てこなかったような。でも、いてもおかしくないかも」

この四人の中で一番オズを知っている有識者曰《いわ》く。

ありうる、ということらしい。

「なーほどね。まあ、アリならそれでいいじゃん。ここにいてもしゃーないし、とっとと行こうよ」

天野がはやく行こうと急《せ》かす。

その通りだ。

ここにずっと立っていても意味はない。

とにもかくにも寝床《ねどこ》の確保。

それから食い扶持《ぶち》を稼ぐ準備。

そして、成果を上げる。

「そうね、いきましょうか」

ユミル曰く、街の目抜通りをまっすぐ行けば、分かりやすくハンター協会はあるとのこと。

ならばひとまずまっすぐ歩いてみる。

本物なんてめったに見かけない馬車とすれ違うたび目を奪われ。

地竜が牽《ひ》く竜車といったものが当たり前のように運用されているのを目の当たりにして驚いて。

長い通りだったのだけれどまったく飽《あ》きることなく、気付いたら一時間近く歩いていただろうか。

「ここか？」

看板には盾《たて》の上に剣と槍《やり》が交叉《こうさ》した絵が描かれている。

「ここね。じゃあ、行きましょうか」

ウェスタンの酒場にあるようなスイングドアを開けながら突入していく。

視線が集まる。

誰《だれ》も彼もが屈強《くっきょう》な雰囲気を醸《かも》し出している。

酒の臭《にお》い。

ジャンクな食べ物の臭い。

汗の臭い。

それらがないまぜになった何とも言えない、しかしいかにもらしい臭いが漂う中を。

楓は躊躇《ちゅうちょ》せずにずんずんと進んでいった。

（あれかな？　カリを倒したことで自信ついたかかな？）

さすがに、あのカリのような迫力を持っている人はここにはいない。

拓実たちも楓についていく。

「ハンター登録をしたいんですが、いいでしょうか」

空《あ》いているカウンターの受付嬢にそう声をかける。

「ハンター協会へようこそ。かしこまりました。そちらの四名様でよろしいですか？」

犬の顔をした受付嬢が、柔らかな笑みで出迎えてくれた。

間違いなく犬の顔なのに表情が分かる不思議。

地球じゃないのだから地球の常識は通用しない、で納得するのがいいだろうか。

「ええ、この四人でパーティを組みます」

「かしこまりました。では手続きを……」

書類を書いて。

扱う武器や職業などを申告する。

ちなみに、楓は魔法使い、拓実は格闘家、山西は戦士、天野はスカウトだ。

自分たちで判断したのではなく、ユミルの評価である。

「以上で手続きは終了になります」

受付嬢はタグをカウンターに置いた。

小さなドッグタグのようなもの。

これがハンターであることを示す身分証だそうだ。

「まずはハンターランク1からのスタートになります。依頼をこなしていけばランクが上がっていきます。詳しいことはこちらの冊子をご確認ください」

手帳サイズの小さな冊子を渡された。

本というほど立派なものじゃなくて、紙を折って綴《と》じただけの簡易《かんい》なものだけれど。

ランクが上がれば報酬《ほうしゅう》も上がるため、よりお金の心配がない生活になるのだろう。

もちろん難易度も上がるので、誰でも楽な生活を送れるとは限らないが。

「ありがとうね、これからよろしく！」

ざっくばらんに気安く声をかけ、タグを受け取る天野。

そんな彼女に、受付嬢は「よろしくお願いいたしますね」と丁寧《ていねい》に返している。

「じゃあ、さっそく依頼を見てみましょうか」

「おいおい？　これから受けるのか？」

「さすがに今からはちょっとね。どんなのがあるのか見るだけ」

「そりゃそうだよな」

山西が安心したとため息をついた。

ブリキの身体《からだ》だからといって疲れないわけじゃないというのは早々に分かっていたこと。

人の身体だった時と同じく、適度な休息を必要とする。

「こんな身体なのにねぇ」

鞘《さや》に入ったままの短剣の柄頭《つかがしら》でブリキを叩《たた》く天野。

カンカンと硬質な音が鳴る。

「寝りゃいいんだから、ラクだけどな！」

特別なことはほとんど必要はない。

たまに油を差すくらい。

「整備とか要《い》らなくて良かったよな」

「まったくだぜ」

単車を乗り回している山西は、メンテナンスの重要さと手間《てま》をよく知っている。

だからこそ、手間いらずというのがどれだけ魅力的なのかも。

「さて、依頼はどんなのがあるのかな……」

拓実と山西の会話を聞きながら、楓は依頼が張り付けられているボードに目を通す。

・失《う》せ物探し

・ねずみ退治
・商店の店番
・商店の倉庫整理
・草むしり
・どぶさらい
・ゴミ捨て場の掃除
・建築現場の資材運び
というのが街中の依頼
・薬草採取
・畑の見張り
・外壁補修工事の補助
などが街の外で受けられる依頼だ。

これらはすべて、今のランクで受けられるもの。

「わたしたちのランクだと、ほとんどが常時の依頼になるみたい」

「いつでも受けられるってこと?」

それぞれの依頼は大した報酬にはならない。

誰でもできることだからだろう。

逆に、だからこそいつでも受けられて、年中無くならないんでしょうね」

そういうことなのだろう。

依頼の取り合いにならなくて済む。

「ふーん、なら慌てる必要ないじゃん」

「そうね。明日また来ましょ」

「さんせー！」

楓と天野の間で話が決まったらしい。

拓実と山西は、女子二人の決定に異を唱《とな》えるつもりはない。

四人は一度ハンター協会から出て、宿探しに向かう。

「近いとこがいいし！　後綺麗《きれい》なとこ！　シャワーは当然ね！」

探し始めてすぐ、天野がそう要望を出した。

それらを叶《かな》えるとなるとそれなりに高いのではなかろうか。

「そういうことならうちなんかどうかな⁉　かな⁉」

横合いから元気な声をかけられた。

幼《おさな》い女の子の声。

そちらを見ると、五歳になるかならないかくらいの幼女がこちらを見上げていた。

「うちはシャワーもあるし、お掃除もちゃんとやってるよ！　るよ！」

元気だ。

すごいパワーである。

思わずのけぞってしまうほどだ。

「でも、お高いんでしょー？」

実はお金に関してしっかりしているという天野が即座に返す。

そのノリは幼女と合っていた。

「それが、実は一人一泊銀貨三枚！　まい！」

銀貨一枚で千円なので、三千円だ。

ユミルから貨幣《かへい》価値を聞いたところ、他にも鉄価が一枚十円、銅貨が一枚百円、金貨が一枚大体一万円に換算できる。

ともあれ、一泊三千円ならカプセルホテルの値段だ。

「へえ、悪くないジャン！」

ユミルから当面の生活費を受け取っているので、この金額なら二週間くらいは宿泊ができる。

財布の都合と相談しても、悪くない選択に思えた。

「どう？　あーしはアリだと思うんだけどー？　どー？」

「梓《あずさ》がいいっつーならオレはいいぜ」

彼氏として、彼女の金勘定《かねかんじょう》のこだわりを知っている山西は、天野の提案にためらいなく乗った。

そこまで断言するなら、と。

「わたしもいいわ」

「俺《おれ》もいいよ」

拓実も楓もそれを否定しない。

天野の勘の良さは知っているし、山西も別に考え無しの男ではないことは知っているから。

「はーい！　じゃあ四名様ごあんなーい！　なーい！」

幼女に引き連れられて歩く。

宿はすぐそこにあった。

「ママ！　お客さん連れてきたよ！　たよ！」

「あらいらっしゃい」

食堂兼酒場のテーブルを拭《ふ》いていた女性がこちらを向いた。

外見は明らかに中年の女性だが、身体が小さい。

ホビットであることが分かる。

「四人で一週間、部屋よろしく！」

「一週間かい、じゃあこっちに来な」

小さい身体だが話し方は豪快だ。

肝《きも》っ玉母さんという感じだ。

代表して楓が彼女についていく。

「へえ、言う通り綺麗だなぁ」

宿を見渡してそうつぶやく拓実。

幼女が自信満々に断言した通りだった。

「でしょー！　うちの自慢なのよ！　のよ！」

はしゃぐ幼女。

「あたしもがんばってお掃除してるんだから！　から！」

こんな小さいのに、と上から目線でほめるのは失礼だろう。

彼女たちは間違いなく小人族。

まるで幼女にしか見えなくても、実際は成人間近という可能性も十分にありえる。

喋り方がなんとなく幼いので子どもなのだろうけど。

（小人族は分かりにくいなぁ……）

本人や家族から聞くまでは大人と思って接するのがいいだろう。

「じゃあレンコ、部屋まで案内しておくれ」

「はーい、ママ！　こっちだよ！　だよ！」

カウンターの中をゴソゴソして鍵《かぎ》を四本手にしたレンコが案内してくれる。

階段を上がって二階、角部屋から並んで四部屋。

ここがしばしの自分たちの城だ。

「ここ使ってね！　ご飯は朝と夜！　お湯は桶《おけ》一杯無料、シャワーは別料金だよ！だよ！」

拓実たちに鍵を渡しながらそれだけいって階段をぽてぽてと降りていくレンコ。

怒濤《どとう》の勢いだった。

取り残された四人は、とりあえず顔を見合わせて部屋に入ることに。

「部屋の中も綺麗だな」

ベッドと一人用のテーブルとイス。

それから鍵付きの棚《たな》が一つ。

シンプルな内装。

しかし清潔感が溢《あふ》れている。

とりあえず、もうすぐ夕食なので。

「ここに入れておくか」

ユミルからもらった物資は、貴重品以外を棚に入れておく。

ほとんどは依頼の時に使うものなので、日常では持っている必要はない。

「アイテムボックス的なものがあればなぁ」

そうそううまくはいかないらしい。

こういうところで、やっぱり現実であると実感できる。

真っ白なシーツが敷《し》かれたベッドに寝転がる。

「ともあれ、ここまでは順調、かな」

ユミルの隠れ家から街に来て、ハンターになって、宿も確保。

当面のお金も問題なし。

「後は、明日からの依頼……の前に」

だらだらと考え事をしているうちに、ずいぶんと時間が経《た》っていたみたいだ。
いい匂《にお》いがしてきた。
夕食の時間らしい。
「よし、行くかぁ」
楓や山西たちもそろそろ出てくるだろう。
暗くなってきたので、部屋を出しなに明かりの魔道具をつける。
オズの世界、都合がいいことに魔道具がそれなりに民衆にも普及《ふきゅう》しているらしい。
「便利だよなぁ」
スイッチ一つであれこれを叶えられる現代っ子の拓実。
拓実としては、この世界の日常に深く浸透《しんとう》している魔道具の存在はありがたい。
拓実だけではなく、楓、山西、天野も同意見だ。
慣れているものがあるのは、この世界になじみやすくなった要因でもあった。
ギシギシと木特有の音を鳴らしながら階段を降りて、食堂に行く。
すでに何組かが夕食を摂《と》っている。
「ここでいいや」
適当に空いている四人掛けのテーブルに陣取る。

椅子《いす》に座って待つこと少し。

まず山西が現れ、そして楓、最後に天野。

そう待たずに全員がそろった。

「夕ご飯にする？　日替わり定食なら宿代に含まれてるよ！　るよ！」

「じゃあ日替わり定食四人前で！」

今は贅沢《ぜいたく》するときでは無し。

「はーい！」

レンコが去っていく。

不満はない。

先ほどから鼻腔《びこう》をくすぐる香ばしい匂い。

「ずいぶんボリュームあるね」

「日本にいたころだったら食べきれなかったかも」

楓が言う。

この世界に来てからは日々身体を動かしているからだろうか。

育ち盛りの男子はもちろんとして、楓も天野も前以上に食べるようになっている。

「はーい、お待たせー！　たせー！」

大量調理ゆえかすぐに料理が食卓に並んだ。

ベーコンを挟んだパン、焼いた肉の塊《かたまり》、サラダにスープ。

実に美味《うま》そうだ。

「いただきまーす」

パンはふんわりしていて甘みがあり、ベーコンの旨味《うまみ》とマスタードのさわやかさが心地よく鼻に抜ける。

肉はこってりとしたソースがかけられていて、程よく柔らかく肉汁もたっぷりだ。

シャキシャキとした野菜を、さっぱりとした酸味のあるドレッシングが彩《いろど》っている。

スープは塩味を基本として、野菜や肉の旨味が溶け込んだ黄金色。

どれもがたまらない味だった。

「美味しい……！」

楓の感動の言葉。

本当に美味しいものを食べると、人は語彙力《ごいりょく》がなくなってしまうというのは本当だ。

四人は会話もそこそこに舌鼓《したつづみ》。

とても美味しい。

食レポのようなことをしている暇《ひま》などなかった。

ただただがっつくように喰《く》らう。

女性陣は野郎二名に比べれば上品だが、それでも食べる速度は早かった。

「ふう……うまかった」

日本でなら確実に大盛りと言える量だった。

しかし拓実や山西はパンをおかわりし、楓も天野もおかわりこそしなかったけれど完食。

今日も移動で疲れていたのか、身体がエネルギーを欲していた。

「美味しかった⁉　かった⁉」

レンコがぴょんぴょんしながらやってきた。

かわいらしい。

「ああ、うまかったぜ」

「この宿にして良かったってゆーか？」

「えへへー！」

山西と天野の賞賛に、レンコは嬉《うれ》しそうに笑った。

「料理はパパがつくってるんだよ！　だよ！」

「へえ、そうなんだ」

「うん！」

フロアで忙しく動き回っているのはレンコと彼女の母親、それから従業員のウェイトレスだ。

そこに男性はいないので、厨房《ちゅうぼう》に詰めているのだろう。

「パパの料理はどれもおいしいからね！　明日からも楽しみにしててね！　てね！」

この味の料理を朝夕出して、宿泊費込みで三千円換算。

採算は取れているのだろうか。

思わずそんなことを考えてしまったが、赤字だったらとっくに値上げしているだろうから余計なお世話か。

「うん、朝も楽しみにしてるね」

楓がレンコの頭を撫《な》でる。

思わずやってしまった、と撫でてから気付いたようだが、レンコが嬉しそうなので問題なかったようだ。

さて。

夕食を食べ終えたら後はもう寝るだけだ。

この世界、スマホもＰＣも無ければ漫画もない。

本はあるが高級品。

となると、後はもう寝る以外にやることはない。

三々五々解散して自分の部屋に戻っていく。

「俺も寝るかぁ……」

歯も磨いた。

お湯ももらって身体も拭いた。

拓実はさっさとベッドに潜《もぐ》り込んだ。

早い時間に床に入ったからか、翌朝は日の出前後に目が覚めた。

今日だけではなく、この世界での生活に慣れたあたりからはずっとこの生活習慣だ。

「おはよう」

「おはよう」

眠い目をこすりながら部屋を出ると、ちょうど楓とばったり出くわした。

大体彼女とは起きる時間が同じになることが多い。

山西と天野は、拓実たちからは体感で三十分ほど遅れて起きてくることが大半だ。

「今日は初仕事だな」

「そうだね」

朝起きてからお互いやることは同じなので同じ方向に向かって歩く。
朝っぱらなので声のトーンは多少落とし気味だが、そこまで気を遣ってはいない。
この世界のひとたちは皆朝早いからだ。
日の出の時間帯になれば、ほぼ活動開始されていると言っていい。
「どうやって行けばいいと思う？」
拓実は尋《たず》ねる。
楓の方が頭がいい。
成績も、頭の回転も。
拓実も別に愚《おろ》か者ではないけれど、楓以上だなんて己惚《うぬぼ》れるつもりもなかった。
「うーん……建築現場の資材運び」
「ふうん？」
中庭に出る。
朝露《あさつゆ》のさわやかな匂いと澄《す》んだ空気が心を洗うようだ。
井戸には誰もいない。
待たなくてラッキーと言いながらバシャバシャと顔を洗う。
暑くもなく寒くもないこの気候、冷たい水で目が覚めるようだ。

朝日を浴びながら顔を洗うと気持ちいい。

「一番の力仕事っぽいでしょ？　拓実くんと山西くんに行ってもらって、そこで周りの反応を見て欲しいの」

「周りの反応？」

問うと、楓は頷《うなず》いて。

「ユミルさんから修行をつけられたわたしたちが、他の駆け出しハンターと同じ実力なわけないでしょ？」

それはその通りだ。

頷く拓実。

「だから一番大変な――」楓は言いかけて顔を洗って「――依頼を受けてみて、出来ることをやったら周りからどんな反応をされるかを見るの」

「なるほど」

理屈は理解できた。

「俺たちのことを、周りは駆け出しハンターだって見てるんだもんな」

それでいて、周囲が驚くような力を示せた場合。

いい意味で、低いランクのうちは無謀になってもいいのではないか。

「そういうこと」

拓実は自分を、楓ほど頭が良くない……つまり馬鹿だと思っているけれど。

楓はそうは思っていない。

一から十まで説明する必要なく話を理解できるのだから。

「その間、楓と天野さんは何を？」

「店番、草むしり、どぶさらい、畑の見回りあたりかな」

「その心は？」

「街の人の心証をよくすることと、いろんな人と顔見知りになっておくこと」

「ああ、なるほど」

楓はもともと大人しく活発ではないけれど、人当たりは悪くない。

天野は生来のたちなのか愛想がとてもよく、誰とでも仲良くなってしまう少女だ。

「適材適所ってやつかな」

「でしょう？」

自信があったみたいだ。

納得である。

「……ということなんだけど、どうだ？」

朝ご飯。

起きてきた山西と天野、先に起きていた楓と拓実で食卓を囲み。

パンとサラダ、ヴルストとチーズ、コーヒー。

味は期待通り。

「うん、いーんじゃない？」

「オレもいいぜ」

反対意見はゼロ。

いつの間にかパーティリーダーのようになった楓の決定に異を唱えるつもりはないとか、そういうことでもなさそうだ。

むしろ、考えずに済んでラッキー、といった具合だ。

「なら決まりだね。じゃあ、食べ終わったらさっそく行きましょうか」

話は決まった。

とはいえ慌てる必要もない。

冊子には、依頼は朝一に貼りだされて早い者勝ちだと書いてある。

けれど、拓実たちが受けられる範囲の依頼は常時依頼なのでなくならない。

とはいえだらだらしているのも時間の無駄なので。

まずは絶品の朝ご飯をゆっくりと味わう。

のんびりとし過ぎず急がず準備をして、ハンター協会に向かうのだった。

◇

たどり着いたハンター協会。

まだぎりぎり早朝だけれど、朝一という時間は過ぎている。

なのでだいぶ人ははけていた。

「朝一だとすんごい混雑してるらしいね」

「いずれは、そこにもいかなきゃいけないんだよなぁ」

今は最低ランクで常時依頼しか受けられないので関係ないだけだ。

「うへぇ、人混みきらーい」

「好きなやつはいねぇだろ」

人とつるむのが好きな山西と天野も、人混みが好きなわけではないらしい。

まあ、当然か。

宿の外で顔を洗うときに感じたさわやかさとは縁遠い雑多な臭い。

悪臭までは行っていないけれど。

「じゃ、受けてくるわね」

楓が代表して受付カウンターに向かった。

「あら、昨日の」

犬の顔をした受付嬢が出迎えてくれた。

「依頼を受けに来ました」

「はい。どれをお受けになりますか？」

「えぇっと、建築現場の資材運びと、店番で」

「ふむ……男女で分かれる感じでしょうか」

「そうですね」

依頼は、達成されるならばパーティ全員でこなす必要はなく。

なんなら別に一人で受けてもいい。

実際、最低ランクの依頼はお使いみたいなものも多く、手分けして受けるのはむしろ常識。

駆け出しとはいえハンターへの依頼。

一般人ではこなせないものもいくつかあるわけだが。

しかし逆に一般人でもこなせる依頼もある。

だからなのか、戦う力がない子供が登録をして、小遣い稼ぎをしている側面もあった。

「かしこまりました。それでは二つの依頼の受注完了です。こちらをお持ちください」

依頼書を二枚手渡されたので、それを持って拓実たちのところに戻る楓。

「はい拓実、これ」

「おうサンキュ」

建築現場の依頼書を受け取る拓実。

「天野さんはわたしと、雑貨屋での店番手伝いね」

「じゃあ、終わったら宿で合流でどうだ？」

「おっけ」

「いいわね」

「それで～」

いつ終わるかも分からないので、協会での待ち合わせだと待ちぼうけしたり入れ違いになったりする可能性が高い。

だったら、拠点としている宿で合流するのが手間がなくていい。

「うっし、行こうぜ拓実ぃ」

「よーし行こう」

拓実は山西と連れ立って。

「あーしたちもいく？」

「そうだね、行こうか」

楓と天野も街の雑踏《ざっとう》に消えて行った。

◇

建築現場は、どこで工事が行われているかによって現場が一定期間ごとに変わる。

今回は、街の北側にある門近辺の、外壁内部の補強工事だ。

だいぶ老朽化《ろうきゅうか》していて、一部はある程度まで崩《くず》してから再度建て直すというかなり大掛かりな工事だ。

とはいえここは街の内部。

街の外で怪物を警戒《けいかい》しながら行う工事とは難易度が違う。

「お前らも依頼受けてきたのか」

工事現場の作業員に話をすると、強面《こわもて》の親方に面通しされた。

ドワーフらしく背は低いが身体は分厚く、服がみっちりとひきつるような筋肉の塊。ひげ面《づら》と鋭い眼光。

まるで山賊だ。

「ああ。はいこれ」

「おう」

他にも作業員じゃないハンターがすでに依頼を受けて仕事を始めている。少し遅かったようだ。

まあ、時間は指定されていないので問題はないのだけれど。

「昨日ハンターになったのか」

「まあな」

「ま、ウチじゃあ別に関係ねぇけどな。仕事できるやつぁ初日からちゃんとやっからな」

ちなみに、拓実と山西が敬語じゃないのは、ハンターは基本敬語を使わない、と教わったからだ。

使わなきゃいけない相手をきちんと見極めれば、逆に敬語を使わない方が望ましい、とまであった。

「俺たちはちゃんとやる方……だと思うけど、まあ仕事っぷりを見てもらってからか」

「当然だ、ひよっこが」

敬語を使うと、誰がリーダーか分かってしまう。

そういうのを理解する怪物もいるので、それを防ぐためというのがひとつ。

もうひとつはシンプルに、ハンター志望者で敬語をちゃんと使える者が極めて少ないから。

だったら最初から無しでいいだろう、と過去に判断されたみたいである。

拓実も山西も敬語くらいは使えるし、なんならTPOもある程度弁《わきま》えている。

弁えているからこそのタメ口というわけだ。

「こっちだ、ついてこい」

親方についていく。

事務所のそばにはタルが十個置いてあった。

「こいつはそれぞれ重さが違う。どこまで持てるのか見てやる」

それによって、どこに割り当てるのかを決めるのだとか。
まずは拓実から。
一個目。
ひょいと持ち上がる。
持ちにくいので両手で持ち上げたけれど、重さ的には片手でもじゅうぶんだ。
さすがにトン単位の岩を簡単に放《ほう》り投げるだけのパワー。
「ほお、やるな！」
十個全部持ち上げるのには苦労しなかった。
拓実で問題ないのなら、拓実以上の膂力《りょりょく》を誇る山西はより簡単だったはずだ。
「見た目にたがわずってとこか、いいだろう」
二人の力を認めてくれたのか、親方はにかっと笑った。
山賊が獰猛《どうもう》に笑ったようにしか見えないけれど。
「お前たちにはこの丸太を向こうに運んでもらう。いいな？」
木《き》を伐りだしてそのまま街に運び込んだものだ。
大体十メートルあるかないかというところか。
そのまま無造作に積まれている。

「本当は明後日《あさって》運ぶ予定だったんだが、お前らが運んでくれるならだいぶ楽になるだろうよ」

壁の大部分を崩して工事しているのが見える。

ここからだと二百メートルくらいだろうか。

問題はない。

「さて、どうだ……」

ないけれど。

持ち上げてみて。

一人では無理だということが分かった。

「一人じゃバランスわりぃな。二人でやんぞ」

「やっぱりそうか。分かった」

さすがに十メートルもあると、バランスも悪いし、危ない。

誰かにぶつけたりしてしまう可能性が無いわけじゃない。

この重さと大きさだ。

下手《へた》にやるとけが人が出る。

「じゃあ行くぞ、せーの！」

両端を持ち、タイミングを合わせて。

一トン近いだろう重さの丸太が軽々と持ち上がった。

山西が先頭、後ろを拓実が担《かつ》いで進む。

「よしよし、じゃあ頼んだぞ。何か言われたらワシの指示だと言えばいい」

「ああ」

「わぁったぜ」

丸太を担いで散歩と特に変わらない速さで歩いていく。

山西に拓実が合わせればいいので簡単な仕事だ。

「おーい、丸太持ってきたぜぇ！　どこに置きゃいいんだー!?」

轟々《ごうごう》と激しい音がしている工事現場だ。

大きな声で自己主張しないと聞こえないのだ。

「あー!?　……なんだそりゃあ!?」

作業員がこちらを見て驚愕《きょうがく》した。

たった二人でこの巨大な丸太を担いでいるのは、明らかに異常だった。

「これを運ぶんだろー!?」

「置き場所を教えてくれ！」

「あ、ああ！　そこだ、そこに置いてくれ！」

指示された場所に丸太を置く。

どしんといい音がした。

「じゃあ残りもどんどん持ってくるぞー！」

拓実と山西は次々と丸太を運んでいく。こういう仕事は楽しい。何も考えなくていいし、人のため、言われたことをやればいいのだ。

二十本ほどあって、一本当たり往復で五分ほど。

正味二時間弱で丸太運びは終了した。

「おう、はええじゃねぇか、助かったぜ」

親方曰く、予定では半日、しかもたくさんの作業員を割り振って行う予定の作業だったらしい。

それをたった二人、しかも二時間で終わらせたとなれば。

「今日は終わりでいいぜ」

「マジか」

「もう？」

「おうよ。お前らで何十人分の仕事してくれたからな。……ホレ」

親方は依頼書にサインして、なにやらメモを書き込んで手渡してきた。

「お前らなら是非《ぜひ》とも歓迎だが……次来るときは、お前ら用の仕事を用意しねぇとな」

顎《あご》に手を当て、ぶつぶつ言いながら親方は事務所に戻っていった。

「……帰るか」

「……そうだな」

仕事がないと言われてしまったら、ここにいても邪魔になるだけだ。

二人はそそくさと建築現場を後にした。

まだお昼にもなっていない。

ひとまずハンター協会で作業終了を報告する。

「……なるほど。お二方には建築現場の作業はちょっと控《ひか》えてもらった方がいいですね」

「あー、やっぱそうなるのかぁ」

どうやらやりすぎてしまったようだ。

仕事を片付けるのが速すぎて他の人の仕事を奪ってしまっていると受付嬢は言う。

「仕事は完璧《かんぺき》です。ケチのつけようがありません」

報酬に色をつけてだいぶ割り増しで支払う、と親方は依頼書の備考欄に記載したらしい。

「むしろかなりの高評価ですので、この分ですと……」

受付嬢は考え込む。

「ん？　何かあんのか？」

考え込むとはどういうことだろう。

「いえ、親方さんから指名依頼をしてもらうなど、こちら側で少々考えた方が良いかもしれません」

なるほど、そういう結果になるわけか。

「俺たちとしては歓迎《かんげい》だけどな」

「めっちゃうめぇもんな」

ジャラリと、報酬が入った革の小袋を掲《かか》げる山西。

この二時間で金貨十八枚もの収入。

一人九万円、時間単価にして四万五千円。

時給千円の人員を四十五人、四時間ほど拘束《こうそく》する作業。

それをたった二人でこなしたから色をつけて払った、というのは間違いない額だった。

「まあその分、何度も受けられるわけじゃないけど」

「こんな仕事、用意する方も一苦労どころじゃありませんからね」

「そりゃそうだわな」

仕事を片付けるのは早くても、用意するのは大変だ。

いつでも受けられたら大儲《おおもう》けだ。

けれど、そうそう建築現場の資材運びの仕事は受けられなそうだ。

「本日の仕事はこれで終わりにしますか？」

まだまだ半日残っている。

稼ぎ的にはもう十二分ではある。

だけど、女性陣はまだまだ仕事をしているだろう。

ちょっと、今宿に戻るのは気が引けた。

「なんか半日くらいでやれる仕事があれば追加でやるのもありか？」

「オレはどっちでもいいぜ」

宿に帰ってもいいし帰らなくてもいい。

ただ、正直宿に帰ってもやることなんてない。

昼寝してもいいのだけれど、今は夜たっぷりと寝ている生活なので、昼寝なんてしたら夜寝れなくなってしまう。

暇つぶしという意味では、お金も稼げる依頼を受けるのは趣味と実益を兼《か》ねていると言える。

「かしこまりました。では、どぶさらいなんていかがでしょう？」

聞くところによると、こちらも大体半日作業なのだとか。

ちょうどいいだろう。

「じゃあそれやるか」

「おう」

意外と言っては失礼だろうが、山西はどぶさらいにもまったく忌避感《きひかん》を示していない。

泥臭《どろくさ》い……というよりまさに泥にまみれるような仕事だけれど。

バイトと思えば、別段きついものでもないか。

「かしこまりました。ではこちらを受注ということで、お昼を食べてから行かれては？」

「そうすっか」

「腹減って来てたんだ」

ちょうど、あちこちから出来立ての料理のいい匂いが漂ってきている。

ハンター協会にも食堂が併設されている。

仕事をこなすには大量のエネルギーが必要なハンターの胃袋を満たすため、超ボリユームの食事が摂れる。

味なんて気にしない大雑把《おおざっぱ》で豪快なものが多いのかと言えば。

「うお、すごいなこれ」

「めっちゃうまそうじゃねぇか」

ランチプレート的なものに綺麗に盛られて食事が出てきた。

ランチプレートと可愛《かわい》らしく言ってはみたものの、その量は大量で。

モンスターをハントするゲームシリーズに出てくる食事のようだ。

奇《く》しくも、職業も同じくハンターだし。

二人で食べ始める。

さすがにかの名作ゲームのハンターのような速度では食べられないけれど。

「……腹いっぱいだ……」

「さすがにもう入らねぇ……」

すぐには動けない。

少し身体を休めてからでいいだろう。

どぶさらいはあの丸太よりも負担は少ないだろうけれど、満腹の状態では動きたくなかった。

お茶をもらって、しばらく休憩《きゅうけい》にいそしむのだった。

◇

ここは街に住むマンチキンが営む雑貨屋。

雑貨というだけあって様々なものが置いてある。

その中には薬品もあるようで、さわやかな、しかし多少鼻にツンとくるにおいが漂っていた。

「しゃーせー！」

棚の整理整頓《せいとん》をしていた天野の元気な声が響いた。

ここの店員が所用で休暇を取るという。

なので臨時の店員として代理を務《つと》めることになったわけだ。

今やってきた客は買うものは決まっていたもよう。

迷わず棚から瓶《びん》を二本手に取ってカウンターにやってきた。

「これちょうだいな」

「はい。えっと、銀貨一枚と銅貨四枚ですね」

「はいはい」

置かれた小銭がチャリチャリと音を立てた。

ぴったりである。

それを受け取って、カウンター内の小型金庫に入れる。

「はい、確かに。ありがとうございました」

「あーしたー!」

客が去っていく。

店番は順調だ。

計算もそんなに難しいものはない。

コンビニバイトをやっていた天野にとってはここの店番は簡単らしい。

「これでも、あーしがバイトしてたルースンではてんちょーに何度も褒《ほ》められたんよ」

胸を張る天野。

自負と自信にあふれている。

「わたしはバイトやったことないから助かるよ」

やること自体はそんなに複雑じゃない。

バイト未経験の楓でも特に問題なくこなせている。

使い方を覚えなきゃいけないコンビニ特有の機械だったり、パソコン操作といったものがないのでやりやすかった。

「だーいじょうぶ大丈夫！　今まで特になんもないんだし、ウチらならフツーに終わるって！」

楽天的。

根拠のない言葉。

でも、それが何よりありがたかった。

「どうだい？　問題はあるかい？」

マンチキンの店主が帰ってきた。

ガラガラと手押しの台車を押していて、そこには紙袋がいくつも。

楓と天野にお店の説明をしてから一時間ほど様子を見た。

大丈夫だと判断してから、卸売《おろしう》りの商会と交渉があると言って出かけていたわけだ。

この予定があったから、急遽《きゅうきょ》臨時の店員が必要だったのだろう。

「今のところ問題はないですね」

「お客さんからのクレームもないですよー」

仕事では今のところ大きなミスはない。

仮にあっても多少のことで怒るようなお客さんもいなかったので文句を言われることもなく。

「そうかいそうかい、あんたたちはちゃんとしてるから大丈夫だと思ったさね」

この店主は女性である。

旦那の方は奥で経営事務をメインでやっており、店頭の責任者は彼女なのだ。

もちろん、状況次第《しだい》でお互いに手伝い合っているそうだけれど。

「ありがとうございます」

お褒めの言葉はありがたい。

依頼が成功に近づくからだ。

まだまだ予定就業時間の半分は残っているため油断はできないけれど。

「ウチらに任せておいてください！」

能天気にも取れる天野の底抜けの明るさ。

しかし彼女の仕事はテキパキとしていてとにかく早い。

そのせいでちょこちょこミスは出ている。

しかし大した数ではないのでそこは楓が簡単にフォローできるくらい。

むしろ作業ひとつひとつの大枠があっという間に終わるので全体を見ればはやく終わる。

この二人、結構相性がいいのです。

「そうだねぇ、あんたたちなら大丈夫だろうさ」

「そうそう、だから、他にも溜《た》まってる仕事片付けちゃうのがいいですよ！」

「そうさせてもらおうかね」

紙袋を入れた台車をころころと押しながら、女主人は奥に引っ込んでいった。

それを見送って、しばらく店の中をうろついていた天野。

やがて満足げに一つ頷くとカウンターの中にやってきて、そこにある椅子にいそいそと座った。

「終わったの」

「そうだねー。お客さんが商品棚を散らかさない限りは、しばらく手を出す必要ないかなー」

陳列は綺麗にされ、簡単にだがはたきでほこりも落とされているし、床も簡単に掃《は》き掃除済み。

できることは大体終わっていて、しばらくはお客さん待ちだ。

この仕事のいいところ。

やるべきことが終わってしまったら、こうして半分休憩しながらでもお給金がもらえること。

それでいて意外と高給なのでお得な仕事だった。

「あーあ、いつもこういう依頼あればいいのになー」

「そうだね」

天野の言うことには全面同意してもいい。

それくらい割がいい。

常時の依頼で不人気なのに、毎日あるわけじゃない。

理由のひとつは、ハンターの全員が計算や読み書きができるわけじゃないこと。

「こういう人手が足《た》りないときしか出ない依頼だもんねぇ」

もうひとつの理由はそういうこと。

お手伝いさんが欲しいときに出される依頼なので、毎日は受けられない。

「倉庫の整理とかなら多いんだけど……」

毎日ひっきりなしに倉庫の品物が入れ替わるような商会であれば、臨時の整理要員はいつでも募集している。

店番の依頼が無いときは、そちらも候補にあがるか。

「美味しい依頼はそう簡単にはありつけない、ってことかぁ」

世知辛《せちがら》いものだ。

ただまあ、この店番にも落とし穴はあるだろうなと楓は思う。

ここのマンチキンの女主人は竹を割ったような性格で、端的にいえば善人だ。

でも、全員が善人であるとは限らないだろう。

そのあたりは気を付ける必要があるんじゃないか。

(そんな心配はこの仕事を無事に終わらせてからかな)

まだ依頼書に仕事を無事に終えたあかしであるサインをもらったわけじゃない。

今は問題なくても、残り時間でつまらないミスをしてしまえば評価は当然下がる。

せっかく割がいいんだから、ミスなく終わらせて満額もらいたいところ。

横では天野が居眠りをしそうなくらいにボーっとしているけれど、問題はない。

お客さんが来なければ、店番はだいたいこんなものらしいから。

「あ」

カラカラと、ドアに取り付けられた鐘《かね》が鳴る。

またお客さんだ。

「しゃーせー！」

今にも寝そうだった天野から元気な歓迎を示す言葉。

ちらりとそちらを見ると、彼女はすでにそこにはおらず、売り場の方に歩き出していた。

ただただボーっとしていただけなのが分かる。

本当に居眠り手前だったら、こんなに素早く反応なんてできないだろうから。

「おう、元気だな！」

やってきた熊《くま》のような……というか熊そのもの。

熊の獣人の、ハンターらしき風体の大男が、天野の挨拶《あいさつ》を受けて気分良さそうに笑った。

挨拶というのは人とのコミュニケーションの基本。

バイト経験もあるのかもしれないが、気さくなのは天野が持つ生来の性質。

楓はそれにだいぶ助けられている。

「んじゃ、これよろしくな」

「はい。これとこれとこれだと、金貨四枚と銀貨八枚ですね」

お店の中にある商品の値段をサッと確認して即座に金額を出す。

この店の店員じゃないことを考えると、かなり計算が速い。

「楓っちはやっぱり賢《かしこ》いねー。あーしもそんな脳みそが欲しいだわさ」

記憶力ととっさの計算力といったところは、天野の苦手な分野。

逆に店員への慣れは天野に一日の長がある。

今日一日はこの繰り返し。

店員という仕事で特別事件なんて起こらない。

「今日はありがとね、助かったよ！」

女店主がはっはっは、と豪快に笑いながら依頼書を差し出してきた。

「これで依頼は完了だよ！」

気付けば外は夕方。

午前中から仕事を始めてほぼフルタイム勤務だった。

手渡された依頼書には『完了』の文字。

「あんたたちなら歓迎だよ、また来ておくれ！」

満足げな店主に見送られて店を後にする。

「んー、バイトの感覚思い出せて楽しかったなー」

日本でバイトしていた頃《ころ》は日々「だるい」と思っていたらしい。

だけど、異世界に来て働かなくなっていたからなつかしさに浸《ひた》ったみたいだ。

夕焼けで延びた影を踏《ふ》みしめながら協会に向かって歩く。

そこで報酬をもらって宿に戻ると、既に夕食時だった。

「おーい！」

ブリキの人形が楓と天野を呼んでいる。

拓実と山西が席を確保して待っていた。

今日の夕食はシチューだ。

ミルクの香りとにぎやかな喧騒の中を縫《ぬ》うようにして二人が待つテーブルへ。

「お疲れー」

「首尾はどーよ」

フロアをうろついていたウェイトレスに日替わりを注文する拓実。

「お疲れ様」

「ガッツリ働いてきたし！」
ぶい、とピースをかます天野。
よく似合う。
「オレらもゴリゴリに働いてきたぜ」
充実感と、仕事をやりきったという満足感。
感じる疲労も、悪いものではなかった。
「お待たせー！　たせー！」
レンコがお盆を器用に持ってやってきた。
一人で四人前を一気に持ってくるあたり、彼女もプロフェッショナルである。
甘いミルクの香りと、焼きたての骨付き肉のスパイシーな香り。
食欲をそそる匂いの暴力だ。
働いた身体はエネルギーを欲していた。
四人はいただきます、の唱和もそこそこに食べ始める。
シチューの優しい味が口に広がる。
肉は柔らかくてジューシー。
パンをシチューにつけても、肉を挟んでも美味しい。

「ふう……」

拓実と山西は食べ終わり、楓と天野も半分以上食べ終えている。

空腹がある程度満たされたところで、今日の成果を披露《ひろう》しあう。

「こっちは大体金貨二十枚くらいだったよ」

「二十万⁉」

「すっごいじゃん！」

「超ラッキー、って感じだけどな」

資材運びの仕事は毎日あるわけではない。

となると、期待はできてもアテにはできない。

どぶさらいの仕事は半日で二人で一万ちょっと。

計算に入れるならこちらだ。

「わたしたちの方は、二人フルタイムで二万四千かな」

「バイトよりはめっちゃ割いいよ！」

二人も大体このくらいの稼ぎが目安になるだろう。

ハンターの仕事は、基礎報酬に加えて、ハンターが役に立ったと思えば上乗せするのが基本だ。

拓実たちのお金も、楓たちのお金も、報酬に上乗せしてもらったからこその額だった。

「大体一日四万くらい？　やるじゃんうちら？」

毎日休まず仕事にいけば、一か月で百万は稼げるだろう。

悪くない。

「宿屋暮らしのままか、家を借りるかを考えてもいいかもね？」

今すぐではなくても。

そういった方向も検討できるくらいの収入は見込めそうだ。

「じゃあ、まずはそれを目標にやってみりゃいいんじゃね？　そうすりゃ自《おの》ずと、名声も上がっていくだろ」

山西の提案に誰も異論を唱えなかった。

第三章　初討伐《はつとうばつ》

まずいな。

拓実《たくみ》はそう思った。

毎日が楽しすぎる。学校の授業の毎日というのがいかにつまらない生活だったのか思い知ってしまう。

オズの生活に慣れると日本に戻りたくなくなってしまう。

ハンターとしての圧倒的なやりがい。

それが心を占《し》めていった。

それからしばらく。

四人は精力的に依頼をこなし、疲れたらちゃんと休み、実績づくりと資金集めに奮闘した。

富裕層の邸宅に行って草むしり。

ゴミ捨て場の掃除をして。

街の周りで薬草の採取。

ネズミ駆除を行い。

畑の見張りをする。

そうしてその日受けられる仕事をできうる限り受けながら過ごした一か月。

お金は順調に貯《た》まり、金貨百枚弱……だいたい百万円に近いお金を稼ぐことができた。

きちんと休みは取ったうえでこの金額。

なかなかの貯金だ。

そして。

「おめでとうございます、この依頼をもってランクアップとなります」

貯金が順調に増えた。

ということは実績も順調に積み上がったということで。

無事ハンターランクが二に上がった。

いつもの犬獣人の受付嬢は四人の功績をほめたたえる。因《ちな》みに、彼女の名前はエリーというそうだ。いつの間にか彼女と仲良くなった天野《あまの》から教えてもらった。

「これで、街の外での怪物退治の依頼も受けられるようになりました」

街の外といっても安全のために遠出はできない。

必然的に近場での活動になるのだけど、その行動範囲で戦う怪物といえば。

ゴブリン、コボルト、スライムといった初心者でも勝てる範囲の相手のみ。

街の兵士たちが定期的に巡回して駆除をしているので大量に発生することは無い。

「ただ、さすがに完全に討伐《とうばつ》しきることはできませんし、減らしても他所《よそ》からやってくるものです」

特にゴブリンの討伐については依頼が消化されないのが悩みの種だそうだ。

どこの街でもゴブリンの被害には頭を悩ませているらしい。

報酬《ほうしゅう》が安いのでランクが上がったハンターはなかなか受けてくれない。

適正ランクのハンターも実入りの悪さから敬遠しがちなのも原因だという。

早速討伐に赴《おもむ》くと、ゴブリンが数体ギャアギャア言いながら集まっていた。

どうやら獲物《えもの》を狩った後らしく、四体で鹿《しか》に喰《く》いついている。

街中のゴブリンは生で肉を食べることもなければ、フォークも使わずに喰いつくこともない。

「よーし、じゃあやっちまおうぜぇ」

「あーしのナイフ捌《さば》きを見せる時が来たぜ！」

山西《やまにし》と天野が小声でやり取りをしている。

ゴブリン自身の騒ぎにかき消されて聞こえていないみたいだ。

「拓実《たくみ》くん、わたしたちもいくよ」

「あ、ああ……」

取り繕《つくろ》った。

取り繕えただろうか。

勝てないなんてことはない。

ライオンとして修行してきた今。

ゴブリンなんて物の数ではないことは分かっている。

でも。

「一人一体、よろしくね」

「おう」

「おっけ！」

「分かった……」

別にこの程度、楓《かえで》だけでも片付く。

それでも一人一体倒すのは、これが初の実戦だからだ。
ユミルの監督《かんとく》もない、自分たちだけでの戦いは初めてだ。
ばっと勢いよく、山西が飛び出した。
「ギィッ⁉」
大きな斧《おの》を構えたブリキの巨体が迫ってくる。
迫力は相当なものだ。
その陰に隠れるようにサッと飛び出した天野の姿は、完全に山西が隠している。
お互いにそれを意識したわけでもなく、しかし息ぴったり。
その背後から。
「風よ、刃《やいば》となれ！」
杖《つえ》を振りかざした楓。
不可視の刃が鋭い音を立てて飛び、一体のゴブリンの首を刎《は》ねた。
「う、おおおっ！」
最後に飛び出すのは拓実。
山西よりも。
天野よりも。

直線を全力で移動したときの最高速度は、拓実の方が上だ。

あっという間に二人を追い越し、誰《だれ》よりも速くゴブリンの群れに到達した。

そのまま殴《なぐ》ればいいのだが、全力で走ったばっかりに間に合わない。

拓実はそのままぶちかましを敢行《かんこう》した。

地面と水平に吹っ飛んでいくゴブリン。

「うわ……」

「エグいねぇ」

とんでもない威力、明らかな過剰攻撃。

スマートにゴブリンを討伐した楓と比べてなんてザマか。

一拍遅れて到達した山西と天野。

「そりゃ！」

「ほいほいっと」

山西は一体の胴を真横にぶった切り、天野はバックスタブで延髄《えんずい》を交差するように切り付けた。

結果は楽勝。

当然。

カリを倒せる四人組が、ゴブリン如《ごと》きに遅れを取ったらユミルに顔向けできないというもの。

鉄錆《てつさび》の臭いが漂い始めたこの場所にたたずむ四人は、一人の内心は横に置いて、間違いなく強者だった。

死体から討伐証明となる核を抉《えぐ》りだして終わりだ。

「出足は順調だね」

「順調すぎなーい？　あーしたちじゃあ、あっちゅう間に終わっちゃうんじゃん？」

倒すゴブリンの数は十体。

これも常時依頼なので厳密には数は決められていないけれど、一回の依頼で十体が目安とされている。

「ゴブリンに苦労してるようじゃ話になんねぇからなぁ」

「まあね。でも、楽に終わるに越したことはないじゃない？」

楽々と勝てたから甘く見がちだけれど、ハンターの仕事は命がけ。

だから、簡単に終わるのをありがたく感謝して噛《か》みしめるべきだ。

「じゃあ、核を取ってしまいましょう」

「うげー」

「これがなぁ」

ゴブリンの身体《からだ》を切り開いて取り出さなきゃいけない。

言い出した楓も嫌そうな顔を隠さない。

一人一体。自分が倒したゴブリンの核は自分で取り出すとあらかじめ取り決めていた。

「……」

拓実は吹っ飛ばしたゴブリンのところまで歩いていく。

十数メートル吹き飛んだらしいゴブリン。

途中で樹木に激突したのか、見るに堪えない状態だった。

予想に反して吐《は》くほどの精神的ダメージは無かったけれど、見ていて気分がいいものでもない。

胸のあたりにナイフを突き立てて切り開く。

だけなのだけれど。

手が震える。

「……っ」

思ったほどではないけれど、じゃあ気楽かと言えばそんなこともなく。

ここでもビビリが顔を出した。

思えばさっきのゴブリンもそうだ。

遊んだって勝てる相手なのに、あんな過剰攻撃をする必要がどこにあったのか。

こんなぐしゃぐしゃになるだけのエネルギーで体当たりしてしまった。

顔を見ることができなかった。この手で、命を葬《ほうむ》り去るという恐怖。どうして二人はああも躊躇《ちゅうちょ》なくできるのだろう。

「えぇいっ！」

バチンとほほを叩《たた》いて気合を入れる。

解体用のナイフを取り出してゴブリンの死骸《しがい》に突き立てた。

心臓の代わりになっているのが核だ。

それを抉りだせば終わり。

震えていても終わらないので、一息にやってしまう。

ポタポタと血が滴《したた》る核を持って三人のところに戻る。

「……みんなも終わったんだ」

楓たちもすでに核を取り出し終わっていた。

気分は良くなさそうだけれど、そこまでダメージを受けている様子は無かった。

「おう、そっちも終わったか」

山西も声にいまいち覇気が無い。

微々たる差だけれど、少しメンタルには来ているらしい。

「ふっふん、情けないなぁ」

反対に天野は割と平気そうだ。

カラ元気だったら見抜けないけれど、今はそんなことも無さそう。

「まあ、気分がいいものじゃないからね」

と言う楓もそんなに応《こた》えてはいないようだ。

男性陣にダメージがあり、女性陣が平気という構図。

情けなく思いつつも、現実がこうなので受け入れるしかない。

「後六体、すぐ終わるっしょ！」

天野の明るい声に救われる。

倒すだけならすぐだ。

探す方が時間かかるくらいで、簡単な仕事。

後六体、核を取らなきゃいけないことに目をつむれば。

楓の火炎魔法で死骸を焼いてもらう。

放っておくと衛生的にも悪いし、死骸がアンデッドになる可能性もあるのでその防止も兼《か》ねる。

「楓が火魔法使えてよかったよ」

「わたしもそう思うよ。使えなかったら、埋めなきゃいけなかったもんね」

火魔法が使えないハンターが死骸をどうしているかといえば、穴を掘って死体を放《ほう》り込んで埋めているのだ。

それをしないハンターは規約違反となり、もしもバレた時のペナルティは結構重い。

だから、死体を焼いて終わりになる火魔法の使い手は、攻撃力が低くても重宝される。

「よっし、行こうぜ！」

膝《ひざ》を叩いて座っていた石から腰を上げる山西。

ブリキの身体からカンと硬い音がした。

「このままだと血の臭いに誘われて何が来るか分からないしな」

ゴブリンが来るならいいが、それ以外の怪物、動物が寄ってこないとも限らない。

じきに風が血臭を吹き散らしてくれるだろうけど、時間はかかる。

ここにとどまっているのは得策じゃない。

四人で再びゴブリンを探して歩き出す。

とはいっても、そんな血眼《ちまなこ》になって探す必要はない。

「じゃ、行ってくるぜぃ！」

天野が人差し指と中指をそろえて額《ひたい》につけ前に突き出す。

日本でもやっているところを何度か見かけている。

性格には似合っているけれど、いかんせん今はわらのかかしなのがちょっと残念なくらいか。

「ん～……あっち！」

天野はお得意の勘で方向を決め、素早い動きで木の枝に飛び乗ってさっさと消えて行った。

索敵探索といった類《たぐい》は彼女の役目。

「おうおう、何度見てもあの身軽さは羨《うらや》ましいもんだな」

まるで忍者もかくやという動きだ。

一番身軽ですばしっこい。

拓実や山西はもちろん、楓も身体能力が上がっているものの、あの真似《まね》はできない。

最高速度こそ拓実に劣《おと》る。

けれど身体を乗りこなす能力というか、そういうものは誰よりもとびぬけている。

「わたしじゃ、強化の魔法を使っても無理だね」

移動しながらつぶやく楓。

楓の強化魔法は、オリンピックの男性部門のすべてに出場できるような身体能力を得られる。

でもあくまでも人間最上位というだけで、人間以上にはなれない。

その代わりに魔法が使えるわけだが。

ユミルに手ほどきをうけた魔法使いが、普通の魔法使いに収まるわけがない。

「オレが一番おせぇかもな」

山西はブリキの身体だけあって、さすがにそこまで速くは走れない。

逆にこんな重たい身体で、ブリキのきこりになる前と遜色《そんしょく》ない速さで走れること自体がすごい。

身体も固く、力は随一。

ライオンである拓実以上の膂力《りょりょく》が発揮できる。

また、人間ではできない動きというのも唯一無二だ。

「その分、力があるだろ?」

「オレはお前みたいにバランスいい方が良かったぜ」

拓実はこの中でもっとも体力が優れている。

スタミナ、パワー、スピード、頑丈さ。

どれも最高クラスであり、バランスは間違いなく最高。

さすが百獣の王、ライオンの面目躍如《めんぼくやくじょ》といったところか。

「ただーいま」

木の上から戻ってくる天野。

その姿は、映画やアニメに出てくる忍者のよう。

「おお、おけーり。どうよ？」

「ひひ、見っけたぜぃ」

ブイサインを見せつけながら満面の笑みを浮かべる天野。

首尾は上々の模様。

「そう、どんな感じなの？」

「んーとね」

枝を拾い上げて地面にがりがりと図を描く。

意外や意外、絵心があるらしい天野。

デフォルメで結構分かりやすい。

「崖《がけ》があるっしょ。で、その前が開けてて、崖には洞窟《どうくつ》があって――」

この先しばらくいったところに、ゴブリンの巣があるらしい。

洞窟の中に出入りするゴブリンが多数。

洞窟の前は乱雑に切り拓《ひら》いたらしい広場。

粗末な小屋がいくつか建っており、そこにもゴブリンが住んでいるという。

さっきの四体とはわけが違う。

「どのくらいいる感じだった？」

「んー……多分だけど、普通に四十とか超えてるんじゃん？」

洞窟の中まで探索できたわけではないというので、実際はそれ以上いる可能性が高い。

「四十かぁ」

「勝つ分には問題ねぇだろ」

「そうだなぁ」

「やる？」

戦闘力的には不安はない。

シンプルに、やるかどうか。

これに尽《つ》きるわけだ。

「え？　やんないの？」

天野が至極不思議そうに首を傾《かし》げた。

戦って勝てるんだからやったらいいじゃん。

そう言わんばかりの様子。

何が無くとも「確かに」と思わせられる。

「……そうだね。やってやれなくはないね」

「ゴブリンだもんなぁ」

拓実の言う通り。

ゴブリンくらい、何体いようと関係ない。

実力差がけた違いだ。

「じゃあやるべ。迷うことねぇよなぁ」

がちんと拳《こぶし》を突き合わせる山西。

討伐を始めたばかりのハンターが挑戦することではない。

一度ここで戻り、事の次第を報告すべきだろう。

しかし、自分たちが誰に鍛《きた》えられたのかを考えれば、ここでいかない、という選択《せんたく》肢《し》はない。

そもそも余裕なのが分かっているのだから。

もちろん、ユミルの顔に泥《どろ》を塗るわけにはいかないので油断をするつもりは一切ないが。

「おっけ。じゃあ行っくよ。こっちこっち～」

天野が先導して歩き出す。

この景色が変わらない森でよく迷わず行けるものだと感心する。

彼女の勘や方向感覚は本当にスカウト向きだ。

おかげさまで森の中でも迷わないし、敵を探すのにも苦労しない。

四人の中で一番攻撃力が低いことを気にしていたこともあったけれど、総合的な貢《こう》献度《けんど》では誰にも劣っていない。

「意外と歩きにくいってことはねぇな」

だんだんと森の深部に立ち入ったのか、人が歩いてできた道が消えた。

もはや文明の香りはどこにもない。

人もまた動物の一種であることをしらしめるような原初を思い起こさせられる。

そして、ここは弱肉強食の、生きるために必要な殺生の臭いが漂っているように感じられた。

残っているのは獣道《けものみち》。

先頭を行く山西は枝葉をまったく気にした様子はない。

何せブリキの身体。

それ自体が鎧《よろい》みたいなもので、枝や草が触れてもまったくなんともない。

それはライオンの毛皮を持つ拓実や、わらの身体の天野も同様だけれど、ドロシーになった楓はそういかない。

「これと、これもか」

だから、山西は斧で切り拓きながら進んでいる。

歩みは遅いものの、それは仕方なし。

そのまましばらく歩みを進めると、ふと天野が山西を止めた。

「この辺か？」

「そ」

心なしか二人とも抑《おさ》え気味の声。

音に注意しつつ少しずつ進んでいくと、木々の隙間《すきま》の向こうに開けた土地が見えた。

何気に風下からのルートを選んでいるあたり、有能スカウトの能力が存分に発揮されている。

観察しやすいところに移動して様子を探る。

天野が偵察していた通り、無数のゴブリンがわらわらと動いている。

ギャアギャアという鳴き声が不快だ。

「あそこ。どうどう？」

天野はひょいと飛び乗った枝の上から眺《なが》めている。

拓実と楓は茂みに身を隠し。

山西は木々の後ろに隠れた。

「確かに、いっぱいいるね」

少し数えてみたけれど、あまりに数が多くて諦《あきら》めた楓。

ゴブリンたちのすえた臭いが届いてくる。

思わず布を鼻にあてて保護していた。

拓実もそれに倣《なら》った。

人間時よりも圧倒的に嗅覚《きゅうかく》が良くなっているので、結構きつい。

布をあてても焼け石に水だけれど、やらないよりは少しはましだ。

「うん、なるほどね」

広場の様子を大体把握《はあく》したらしい楓。

彼女の作戦は。

楓が範囲魔法を撃ち込む。

混乱に乗じ拓実と山西が突っ込んで暴れる。

天野が静かに一体ずつ着実に斃《たお》していく。

その間、楓は援護射撃を実施。

というものだった。

「いいんじゃねえか」

「俺《おれ》も異論はないかな」

「あーしもー」

全員から同意を得られた。

ならば、やるだけだ。

「じゃあ、魔法の準備するから待ってね」

楓は杖を構える。

触媒は金の靴。

それ以外には、魔力を操りやすくするための補助具として、ユミルから杖を譲り受けていた。

魔力を溜《た》めて術式を練る。

広範囲を薙《な》ぎ払う魔法は、さすがに詠唱《えいしょう》などの準備が必要だった。

いずれはこの辺りも詠唱無しでも撃てるようになりたいところ。

ともあれ、その辺の一般魔法使いよりは早く準備を終えた。

「じゃあ、行くよ」

「おう」

「分かった」

「あーい」

三人からの返事を聞いて、楓は照準を合わせる。

その間に、拓実たちは所定の位置への移動を開始した。

狙《ねら》いは、広場の中心から左側。

一番大きな小屋だ。

これを吹き飛ばして、混乱を引き起こす！

「巻き上がれ、炎の渦《うず》！」

ターゲットにした小屋を中心に、魔法を発動。

まるで爆発でも起きたかのようだ。

そのまま渦を巻いて上空まで炎が巻き上がる。

「ギイ！　ギイ！」

「ギャアア⁉」

あっという間に混乱の坩堝《るつぼ》に陥《おちい》るゴブリンの群れ。

炎の周りには、その中心へと吸い込むように風が渦を巻いていて。

不用意に近寄ろうとしたゴブリンを吸い込んで焼く。

「今！」

「おう！」

「分かった！」

「巻き込まれないでね！」

楓の注意を背中に受けて、拓実と山西が森から飛び出した。

斧を振りかぶって走り出すブリキのきこりの迫力は抜群だ。

「おらぁ！」

「ギギャっ！」

手近にいたゴブリンを斧で真っ二つに切り飛ばす。

ユミルに渡された斧の切れ味は別にそれほどいいわけではない。

しかし全身魔鉄の斧はシンプルに硬く、重い。

それに山西のパワーが加われば、ゴブリンの背骨ごとぶった切るくらいは別になんということはない。

炎の渦に混乱してあちこち右往左往しているゴブリン。

今ならば。

「そらそらそら！」

当たるを幸い。

型も何もなくめちゃくちゃに斧を振り回す。

しかしそれでも十分。

ゴブリンの腕を切り落とし、峰で殴りつけられたゴブリンがカチあげられて吹き飛んだ。

まるで荒れ狂う暴風のようだった。

ゴブリンの群れに突っ込んだのは山西だけではない。

「うりゃあ！」

拓実は森から飛び出した勢いのまま、固まっているゴブリンに肩を突き出して体当たり。

ボーリングのピンのようになぎ倒す。

ストライクだ。

こちらも、格闘技を意識する必要はなく、顔を見ずともただ暴れればよい。

「ええい！」

蹴《け》り一発。

ゴブリンがくの字になってどこかに飛んで行った。

格闘技は、魔法使いのくせに実戦的格闘技も修《おさ》めていたユミルに習ったものだ。

長命種ゆえに時間は有り余っているという。

かつて暇《ひま》つぶしに覚えたものだとユミルは言っていた。

一か月そこらでは大して覚えられない。

何事もちゃんと習熟するには時間が必要だ。

その短い時間で教わったものは多岐《たき》にわたる。

構え。

攻撃の際の効率的な威力の出し方。

防御時の力の逸《そ》らし方。

躱《かわ》し方などの基本。

それらは一応すべて習い終えている。

ライオンの身体能力が、習得を簡単にしてくれていた。

「ごめんよ！」

適当なゴブリンの首根っこをひっつかんで、投げる。

他のゴブリンにぶつかって倒れた。

拓実は暴れながら、悩む。自分は殺していない。殺しているのは天野や山西。人に任せていいのか？

だが首を振って、その考えを頭から追い出した。考えるのは、今じゃなくていい。

視界の端で、首元から血を噴き出して前のめりに倒れるゴブリンが見えた。

それをやったのは天野。

彼女は一撃必殺を信条としているかのよう。

数は少なくとも、攻撃したゴブリンの息の根を着実に止めていた。

「よっと、五体目ぇ〜」

山西が倒した数に比べたら圧倒的に少ない。

しかし、数だけが問題ではない。

身のこなしと素早さに、天野の姿に気付けるゴブリンは少ない。

サッと身を翻《ひるがえ》し、障害物や半壊した小屋に紛れるように素早く移動。

残されるのは死体と地面に滲《にじ》む血のみ。

「次ぃ」

ひゅっとすれ違いざまにゴブリンの喉《のど》を掻《か》っ切る。

こちらもまた、失血で倒れた。

ナイフはこれまたユミルから与えられたミスリルのナイフ二本。

切れ味はそこそこだけれど、周囲の魔力を吸うことで自動で研磨されて切れ味が落ちない特徴がある。

なので血のりと脂《あぶら》がついても手入れ要《い》らずというわけ。

「混乱してるしてる。そんなんじゃあーしのいいマトじゃんねぇ」

拓実や山西のような、荒れ狂う自然災害のような分かりやすい脅威ではない。

足音さえなく、近くにいた同胞が一人ずつ死んでいく。

切られたゴブリンは短い断末魔を残せたらいい方で、声を出す間もなく死んでいくゴブリンばかり。

静かに、あちらこちらで死神の刃が振るわれ、血の海に沈む現実。

「ギャッ⁉　ギャガッ！」

他のゴブリンよりも少し体格のいいゴブリンが、下っ端《したっぱ》に指示をしているようだ。

誰がやっているのか、下手人を探せ！

とでもやっているのだろう。

「ホブゴブリン見っけ。サクッとねぃ」

ずぶりと延髄にナイフをねじり込む。

そのまま横に動かして引き裂き、とっとととんずら。

リーダーが消されて、周辺のゴブリンの混乱が見て取れて、天野はニシシと笑った。

「順調ね」

阿鼻叫喚《あびきょうかん》の地獄絵図。

無論、ゴブリンにとって。

仲間たちの活躍を眺めつつこちらも一体一体魔法で着実に仕留めながら、楓は戦場全体を俯瞰《ふかん》していた。

「見つけた」

風の矢で、逃げようとしたゴブリンを沈める。

楓が主にやっているのは、拓実たちの大暴れに恐怖を覚えて逃げようとしているゴブリンを仕留めることだ。

楓からの援護射撃が、確実に一体ずつ。

すべてを逃がさず仕留められるわけじゃない。

ただ、逃がした数が少ないに越したことは無い。

なるべく見つからないように、着弾時に派手《はで》にならないように。

やっていることは天野とあまり変わらず。

戦果という意味では拓実と山西の足元にも及《およ》ばない。

ゴブリンらにとっては非常に危険な状況。

森の中から飛んでくる魔法をどうにかせねばならない。

そういう意識はゴブリンにもあるのだろう。

しかし、楓に構っている暇はゴブリンたちにはない。

「次っ！」

さらに二体。

逃げ惑うゴブリンは狙わない。

うろたえ足を止めた個体をきちんと狙い、着実に数を減らす。

「……！」

しばらくじっくりと数を減らしつつ戦っていると。

洞窟の奥から、強烈な気配。

現れたのは、雑兵のゴブリンの数倍は大きいゴブリン。

ゴブリンは平屋の家よりも背が高い。その数倍だ、三階建てのビルくらいはある。

「ゴブリンキングかな？」

ゴブリンに限らないが、大きな群れには、それを統率する上位個体がいることがほぼ確定している。

上位個体は突然変異で生まれることが分かっているが。

上位個体が生まれたから大きな群れができるのか。

大きな群れができたから突然変異が起こるのか。

これは、怪物学者の間でも意見が分かれているらしい。

「あれは、放置はできないかな」

個体では弱いゴブリンなどは、上位個体を頼って群れる習性がある。

推定ゴブリンキングがいる以上、放っておくとまたゴブリンの群れができてしまう。

「ずいぶんゴブリンも減った……でも」

見ていると、残ったゴブリンがキングに向かって集まっていく。

その動きで拓実たちも気付いたみたいだ。

これ以上隠れている意味はない。

『わたしが範囲魔法を撃つから、後お願いね』

風の伝達魔法で三人に伝える。

『おうよ！』

『おけまるー！』

『分かった！』

拓実たちから力強い了承の声。拓実も、他人のためなら、頑張れるのだ。

ゴブリンキングは決して弱い敵ではない。

けれど、ユミルに見せてもらった怪物図鑑には、カリほど強い敵だとは記されてなかった。

ならばここで倒してしまうのがいい。

「炎よ、地を焼き我が敵を倒せ！」

地面が焼け、火が燃え上がる。

足元から火が噴き出してゴブリンたちが慌てだす。

しかし、ただのゴブリンに耐えられるものでもない。
あっという間にばたばたと倒れていくゴブリン。
残るのはゴブリンキングのみ。
雑兵を片付けたところで魔法の発動を止めた。
ゴブリンキングはダメージこそ受けているものの、まだまだ元気で全然戦えそうだ。
ただ。
「スキありぃ！」
ひらりと急に目の前に現れた天野の姿に、ゴブリンキングは驚いていた。
それは、明確すぎる隙。
ひゅっと軽く振りぬかれた左右のナイフが、ゴブリンキングの目をつぶした。
「グゴアアア⁉」
炎に焼かれ、配下を全て燃やされ、いきなり視界をつぶされ。
踏《ふ》んだり蹴ったりのゴブリンキング。
彼の災難はまだ終わらない。
「おらあああ！」
気合一閃《いっせん》。

拓実による全力のタックル。
自分の身体の数倍はあるゴブリンキングを吹き飛ばした。
これは拓実の身体が持つ膂力と、速度がなせる業《わざ》。
拓実以上に力が強い山西がやっても、こうはいかない。
完全に地面に倒れ、苦しそうに地面に手をついて立ち上がろうとするゴブリンキング。
しかし、そこまでだった。
「トドメだ！」
大上段に斧を振りかぶった山西が、ゴブリンキングの目の前に。
太い首を切り落とすのは不可能。
よって、彼は斧を脳天に打ち下ろした。
鈍い音が響き、斧がゴブリンキングの頭を割って半分以上めり込んだ。
山西は斧を抜いて後ずさる。
「やったか⁉」
それ、フラグ……と拓実は思ったが、残念ながらそれはへし折れた。
ゴブリンキングはびくびくと何度か痙攣《けいれん》したのち、地面に倒れ伏した。

「……」

「……」

構えを取ったまま、ゴブリンキングの様子を探る。

いつ起き出してきてもすぐ対応できるように。

しばらく待ってみてぴくりとも動かないのを確認し、山西が近づき、拓実がバックアップにつく。

もっともタフで守備力がある二人だ。

「……ちゃんと死んでんな」

脳漿《のうしょう》があふれ、血に沈んでいた。

事切れていることが分かる。

「よし、ちゃんと倒せてんぞ」

グロテスクな姿だけれど、さすがにこれだけゴブリンを倒せば多少は耐性もつく。

拓実と山西が様子を見ている間、周辺の警戒をしていた楓も一息。

「そう、良かった」

「周りを見てみたけど、もうゴブリンはいなかったぜぃ」

ゴブリンキングの観察をしている間に周辺の様子を探って戻ってきた天野の報告。

「そうか。ゴブリンキングもちゃんと死んでたぞ」

「おけおけ。やったじゃんウチら！」

ゴブリンキングは死んだ。

周辺にゴブリンもいない。

ゴブリンの集落をつぶすことに成功したと言ってもいいだろう。

「いやぁ、狩った狩った」

斧についた血のりを払い、山西が満足げだ。

「後処理をしないとね……」

核を取り出して火葬《かそう》しなければ。

また、洞窟内も確認する必要がある。

やることはまだまだ残っている。

やっつけて終わり、とはならないのがハンターというものだ。

「じゃ、あーしとゆーいちで洞窟ン中見てくるよん」

スカウトである天野は当然、そしてその護衛で彼氏である山西が行くのも当然。

妥当《だとう》な人選だろう。

「じゃあ、わたしたちはこっちでゴブリンの処理をしてるね」

「おう、そっちはよろしくな。戻ってきたら手伝うからよ」

「こっちは任せてくれ」

天野と山西が連れ立って洞窟の奥に消えて行った。

「さぁて。どこから手を付けたものかな」

腰に手を当てて周囲を見渡す楓。

あちらこちらにちらばったゴブリンの死骸。

もともとこの集落がもっていたすえた臭いに加えて血の臭いまで漂っていてかなりえぐい。

鼻がひしゃげそうだったのだけれど、今は慣れてしまってそこまできつくはない。

鼻がばかになった、ともいう。

「じゃあ、俺が集めようか」

集めておけば、核を取り出すのも火葬も楽になる。

力仕事をどちらがこなすべきかと言えば、拓実の方がいい。

楓だって身体能力を魔法で強化すればば運搬くらいはできるけれど。

強化しても拓実には圧倒的に及ばないわけで。

「うん、わたしが核の取り出しやるね」

「頼むよ」

「任せて」

ナイフを取り出し、ゴブリンキングに向き合う楓。

まずは大物からやっつけてしまう。

その間に運んでおいて欲しい、ということだろう。

「まずは、近場に転がっているやつからかな」

腕が吹き飛んでいるゴブリンを摑《つか》み上げる。

死体を持ち上げるのはいい気分はしない。

だけどそれを言ったら解体している楓はもっといい気分ではないだろう。

お金を稼ぐために仕方なくやっていること。

拓実だけが愚痴《ぐち》をこぼすのはいくら何でも格好がつかない。

続いて両足が無くなり、首があらぬ方向に向いている死骸も持ち上げた。

「えっと。ここと、ここかな」

拓実が死骸を置いたのはゴブリンキングのそば。

重ねては意味が無いので、一定の間隔《かんかく》を空《あ》けて転がした。

そのままある程度の数を並べ終えたあたりで、ゴブリンキングの核取り出しが終わったらしい楓が一息ついている。
巨体を解体していたからか、全身が血でドロドロだ。
さすがに嫌だったらしく、水魔法で身体を流している。
「こっちも始めて大丈夫だぞ」
「あ、うん」
サッパリしたところで、解体用ナイフを並んでいるゴブリンに突き立てる楓。
さあ、拓実も急がなければ。
要領は悪くない楓。
じきにコツを掴んで、どんどんと核を取り出す速度は上がるだろう。
「よし、こっちもスピードアップだ」
ゴブリンを右腕で二匹、左腕で二匹担《かつ》いでみる。
バランスは問題なし。
重さなんてあってないに等しい。
どんどんと運んで並べ、運んで並べを繰り返した。
(そういえば、こうして楓といるのは久々かもしれない)
幼馴染《おさななじみ》の女の子と二人きり。

死体を運んでいなければ、死体にナイフを突き立てていなければもっと良かったのだけれど。

いつからだろう、疎遠になっていたのは。

明確にこれだと言えるような出来事はなかったような。

ただ。

何となく、年頃《としごろ》になって、徐々に女の子らしくなっていく楓と接するのが気恥ずかしかったような。陰キャの自分と話すなんて申し訳ないかな、とか。

物心つく前は、家が近かったということでよく遊んでいた記憶はある。

幼馴染ではあるけれど、親友から友達という過程を経《へ》ずに知り合いに変化した。

(どうしようもなかったよなぁ)

比較的綺麗《きれい》なゴブリンを肩に担ぎ上げ、ちょっとグロテスクな方を、触れないように摑む。

思春期特有、と言ってしまえばその通り。

ただ、こうしてオズの魔法使いの世界に来るまで、楓とは他愛《たわい》もない話すらすることもなかった。

せいぜい、事務連絡くらい。

帰り道にタイミングが重なっても、特に話すどころか一緒に歩くこともなかった。
（まあ、ぎこちなさは、まだ抜けていないけど）
ぎこちなさを勝手に感じているのは拓実だけ。
話している限り、楓からはぎこちなさは感じない。
担いだゴブリンを転がす。
いつの間にか、残っているゴブリンの死体は目測で全体の半分くらいになっていた。
楓の方も、並べたゴブリンの半数以上、核を取り終えていた。
この分だとじきに追い付かれる。
「休憩はいるか？」
楓の顔を見た拓実は声をかける。
「そうだね……もう少ししたらちょっと休もうかな」
核を取り出すのは難しい作業じゃない。
けれど、それなりに集中力は必要になる。
実際に自分でやったから分かる。
それに加えてずっと内臓を見て鉄錆の臭いを浴び続けているのだから。
メンタルも相応に削れているだろう。

「拓実は？　休憩しないの？」

「俺？　俺はいらないかなあ」

何せこのライオンの身体、スタミナも無尽蔵《むじんぞう》かと思えるほど。

今日一日活動してきて、ほんの少し疲労があるかもしれない、くらいだ。

ちょっと疲労が隠せなくなってきた楓とは段違い。

楓が貧弱なのではない。

拓実がタフ過ぎるのだ。

「そっか」

「俺のことは気にしないで休んでていいよ」

「じゃあ、お言葉に甘えて」

楓は近場の手ごろな木箱に腰かけた。

水の魔法で洗い、風の魔法でにおいを遮断する。

人心地ついたのが、ここからでもわかる。

「うし」

拓実は引き続き死体の運搬。

一回に運べる数はそこまで多くはない。

だけど、そこは恵まれた身体能力に物を言わせる。

摑んで担いで運んで。

下ろして摑んで担いでまた運んで。人のためとか、誰かに言われたことなら、幾《いく》らでも働ける。

小休止を挟んでいた楓が再び核の取り出しを再開するまで、十数体を運び終えた。

「おやおや、やってんねぇ」

洞窟の探索を終えたのだろう山西と天野が戻ってきた。

山西が木箱とタルを一個ずつ担いでいる。

「めぼしいのはこれだけだったな」

木箱の中には、どこから集めてきたのか武器や防具など。

タルには油が入っていたという。

どこかの商人から収奪でもしたのだろうか。

「ゴブリンに使い方分かるの、って感じよね～」

タルの蓋《ふた》をぽんぽんと叩く天野。

確かに。

「ううん、助かるよ。火葬するときにね」

「ああ！」

楓に言われて、天野はぽんと手を叩く。

「確かに、これがあればよく燃えるじゃん！」

「そうだな。油なんて持って帰っても仕方ねぇし、ここで使っちまおうぜ」

武器や防具はいいが、油は持って帰ってもどうしようもない。

山西の言う通り、ここで使い切ってしまうのがいいだろう。

「そっちはどうよ」

「だいぶ進んだよ」

運搬は半分以上は進んでいる。

核の取り出しは、運搬が済んだもののうち半分ほどが済んでいる。

「そうみてぇだな」

「じゃあ、あーしたちもやるぜぃ」

「んだな」

山西と天野も加わり、運搬と核の取り出しはさらに加速。

運搬が終わった山西と拓実も当然核の取り出しに参加するわけで。

それからほどなくして、すべての核を取り出し終わった。

「全部で六十二個。結構いたんだね」

水で洗った魔石を入れた小袋をポーチに収める。

天野は当初四十と言っていた。

概算だったので外れるのは仕方ない。

まあ、二十増えたところでしょせんゴブリンはゴブリン。

「誤差っしょ誤差」

「まあな。ちょっと多かったくらいじゃ、そう差はないな」

「でしょー」

悪びれない天野。

彼女的には、ゴブリン相手だったからそこまで精密には探らなかったのだと思われる。

相手が例えばカリに匹敵《ひってき》するような敵だったら。

もっと入念に、しっかりと様子を観察しただろう。

「ゴブリンキングがいたくらいだろ？　あれだって見た目ばっかりだったしな」

戦ってみた感じ、間違いなくカリの方が強く、威圧感があった。

「見た目だけで大したこと無かった、というのは、わたしたちだからこそだね」

「そうだな。そこは勘違いしないようにしないとな」

「ちぇっ。わーってるよ」

「んひひ、怒られてやんの」

「っせえ。過度に敵をデカくすんなとも言われただろうが」

そうだ。

敵のことを見た目で判断するな、というのはユミルから口酸っぱく言われていたことだ。

それと同時に、敵の実力をきちんと見極めて、不必要に恐れる必要はないとも諭《さと》されていた。

非常に難しいことだけれど、それは経験によって補《おぎな》われていくと言われていた。

「無事に終わって何よりだわ。じゃあ、集めて燃やしちゃいましょ」

「そうだな」

「はーい」

「おう」

ずらりと並べておいたゴブリンの死体を、寄せて集めて積み上げて。

油を上からぶっかける。

タル一個分ともなれば、結構な量だ。

「炎の渦よ」

油がかかったゴブリンの死体の山を、楓が炎の渦に巻いた。

「おお、よく燃えてんな」

肉が焼けるニオイも漂っているだろうが、楓たちは風上に移動しているのでそこまで強くは感じない。

燃えていくゴブリンたちの死体。

火はますます勢いを増し、ゴブリンの死体の山が焼け崩れていくのが見えた。

それからすぐに。

ゴブリンの死体を焼き尽くした。

「ん、そろそろいいかな」

「いいんじゃないか？」

拓実にも言われ、楓は魔法を止めることにした。

魔法を放った本人である楓。

拓実と同じことを感じていた、ということで、徐々に炎の魔法を弱くしていく。

炎が完全に消え去り、後始末も完了だ。

「じゃ、これで終わりでいーんだよね？」

天野の言う通り、これでここでの仕事は終わり。

「じゃあ帰っぺ」

「おう」

「うん」

今日の成果としてはもう十分だろう。

本来は十体を倒すという依頼だったのだ。

「これははやく協会に報告した方がいいよな」

「あ？　そうか？」

「そうだね。この巣を把握しててもしてなくても言わないとだし」

割と大きな事案のはず。

情報の共有は正確に早く。

「ふーん、じゃあ、急ぐ？」

「ううん、急がなくてもいいとは思うよ」

「かしこまー。じゃあ、ゆっくり道案内するべさー」

往路と同じく天野が道案内として先頭に立った。

森の中を、緑の匂《にお》いをかぎながらピクニック気分で抜けて。

草原を進んで街道に出て。

数時間でレインレストに帰還した。

そのままハンター協会へ。

「あら、おかえりなさい」

犬獣人の受付嬢エリーに迎えられた。

まだ混雑する時間帯じゃないのも良かった。

待たされずに済んだ。

「依頼、達成してきたよん」

ぴょいと手を挙げてエリーに応える天野。

「それでは、さっそく討伐証明の核を……」

言われて楓が革の小袋をカウンターに置く。

そこにパンパンに入っているのを見て、エリーは違和感を覚えて伸ばした手を止めた。

「……多くありません？」

「そうですね。ゴブリンの巣がありましたので」

「ゴブリンの巣⁉」

思わず、といった様子で声を荒らげたエリー。

協会内がざわめきたったところで我に返った。

「……失礼しました。どういうことですか？」

「えっと、ゴブリンの巣があったので、潰《つぶ》してきたんです」

と言いつつ、楓はさらに大きな核をごとりと置いた。

こちらはゴブリンキングの核だ。

「これは……キングですね」

彼女も受付嬢として素人《しろうと》ではない。

話の流れと、明らかに普通のゴブリンの核とはその質も大きさも違う核からわかる。

カウンターの横のファイルでパラパラと書類を見て、とある一点で止まった。

「ゴブリンの巣……森の中の、崖にある巣ですか」

「あ、はい。それです」

どうやら協会の方でも把握はしていたらしい。

「こちらは拡大速度が増してきていたので、協会としても様子を探っていたところです」

協会専属のハンターが定期的に探っていたそうだ。

そして規模がある基準を超えた時、緊急依頼として出されることになっていた。

もちろんそれまでに誰かが依頼を受けて討伐しても良し。

ただ、ゴブリンはどうしてもその労力に対して報酬の割が良くない。

故にこれまで残っていたという。

しかし実績としては他の怪物を倒すのと変わらない。

「これから核を鑑定にかけますね」

エリーが合図を送ると、奥から職員がやってきた。

「こりゃまた大量だなぁ」

「例の崖の、ゴブリンの巣だそうよ」

「なるほど。じゃあしばらく待ってて欲しい」

「分かったわ」

職員は核をトレイに置き、引っ込んでいった。

その姿を見送って、エリーはこちらに向き直る。

「……ひとつだけ言えるのは、今回の依頼で皆様のランクアップは確実だろう、ということです」

ハンターランクが二に上がって、満を持して怪物討伐依頼を受けられるようになって。

「え？　もう？」

「ランクアップ？」

パーティとしては記念すべき初の怪物討伐依頼だったのだ。

それをこなして帰ってきたら、さらにランクアップだと言われてしまった。

別にランクアップすることにこだわりはなかったのに。

「もう、って。ゴブリンの巣をつぶせるような人が、ランク二で収まるわけないじゃないですか」

ゴブリンキングは、推奨《すいしょう》討伐ランクは三。

ランク二のハンターではどうあっても勝てないのが普通。

「そんなもんなんだ～」

ほえー、と、少々間抜け面を晒《さら》している天野。

間違いなく実感できていないだろうな、というのが伝わってくる。

「もう、ご自身のすごさを分かってないんですから」

エリーが拗《す》ねた様子を見せる。

「きっと、オレたち運が良かったんだろうな」

「そうだなぁ」

「最初から教えてもらえたものね」

「教えてもらえた？　失礼ですが、どなたから？」

喰《く》いついてきた。

「えっと、北の魔女、ユミルさんです」

「北の魔女……!?」

思わずと言った様子でエリーが声を出した。

再びざわつくハンターたち。

そこまで驚くことなのだろうか。

ユミルは、そこまで有名人なのだろうか。

「だって、北の魔女様ですよ！　この地を平穏にしたのは北の魔女様ですから！」

エリー曰《いわ》く。

それはもう、いくつ季節を通過したかもわからない昔の話。

この地域には緑ひとつない荒れ果《は》てた大地が広がっていて、危険な怪物がそこかしこを闊歩《かっぽ》していた。

人が住むどころか通過するだけでも多大な危険を伴い、よっぽどの理由がない限りはこの地を迂回《うかい》するのが常識だったのだとか。

それを、ふと現れた北の魔女が怪物を平定して荒れ果てた土地を回復し、今の緑あふれる大地にした。

本人は、ここに住むために住環境を整えただけだったらしいのだけれど。

北の魔女の恩恵《おんけい》を受けた人の数は計り知れない。

そのうち、彼女を慕《した》って人が集まりだし、街がいくつも出来た。

多大な感謝の気持ちとして、何度となく大きな屋敷と爵位《しゃくい》を与えたいと歴代の領主たちが打診《だしん》したそうなのだけど。

ユミルは「森の中で静かに暮らしたいだけだ。住みたければ好きにするといいさ」と受けることはなかった。

「というわけで、この地は北の魔女様なしでは語れないわけです」

爵位を受け取らなかったことも、人々の尊敬を集めている要因という訳か。

本人はそういうことは露《つゆ》ほども気にしていなさそうだけれど。

「そんな凄腕《すごうで》の魔女様の教えを受けたのであれば、その実力も納得です」

拓実にも、楓にも。

山西にも、天野にも。

卓越した才能があったから、というのは間違いはない。

しかし美しい原石も、持っているだけではただの石。

どのように磨けばいいのか。

それを教えてくれたのがユミルだ。

（もちろん、利害が一致したから教えてくれた、っていうのはあるけどな……）

オズの魔法使いの世界を取り戻す。

その目的があって、オズの魔法使いの登場人物としてこの世界にやってきた拓実たちがいて。

状況と理由が合わさったから、というのは間違いない。

それでも。

拓実自身、ライオンという才能と言っていいのか分からないけれど、資質はあった。

メンタル的な問題で生かし切れてはいないのだけれど。

（このビビリなところがなぁ……）

楓から聞いたところによると、原典ではそれぞれ皆オズに叶《かな》えて欲しい願いがあるらしい。

ライオンは臆病《おくびょう》だから勇気が欲しい、というのが原作におけるライオンの旅の目的。

拓実の旅の目的は勇気を得ることではないけれど、ライオンのキャラとしてはピッタリだった。

（煽《あお》られてる気もしないでもないけど……）

ビビリだからお前はライオンな、という割り振りだったのだろうか。

それとも偶然なのだろうか。

意味はないのだけど、考えてしまうのだ。

なんの利益にもならない考え事をしているうちにも、楓とエリーの会話は進んでいく。

「皆様は北の魔女様のお弟子《でし》さんという認識でよろしいですか？」

「教わったことは間違いないけど、ユミルさんがどう思っているかは分からないから気を付けてね」

「うんうん、弟子だとかどうとか、そういう話には一切ならなかったもん」

楓と天野の言う通り。

ユミルは自分たちを弟子と認識しているわけではないだろう。

どちらかといえば、共闘相手だ。

ユミルはオズの世界を正常に戻したい。

拓実たちは元の世界に帰りたい。

ユミルには戻せない。

拓実たちが戻すのだろうと推測した。

ならば、拓実たちが事態を解決できるように、この世界で生きるための知識や力を惜《お》しみなく教授する。

拓実たちは事態を解決しないと帰れない。当面この世界で生きていくためにも、力が必要だった。

利害が一致したのだ。

「なるほど。お弟子さんとお師匠様《ししょう》、という関係ではないということですね。ゆめ注意いたします」

師匠と弟子という関係は、親子や兄弟に近いくらいの強い結びつきとされるのがこの世界での常識だとエリーは言う。

第三者が下手に断定してトラブルになると相当厄介《やっかい》。

特に、相手がレインレストの英雄である北の魔女ユミルともなればなおのこと、だ。

「もしも師匠と弟子の関係だと明確になったら、その時はお伝えしますか？」

弟子を名乗るのだとしても、ユミルに確認してからの方がいい。

「はい、そうしてもらえると助かります」

ハンター協会としては欲しい情報みたいだ。

なら、教えるのはやぶさかじゃない。

「エリー、こっちの鑑定も終わったよ」

「ありがとう」

奥から核を持ってきた職員がトレイを置いた。

「間違いなくゴブリンとゴブリンキングの核だ」

「ええ」

鑑定の結果は楓の申告通り。

まあ、間違っているわけが無いのだが。

別に誤魔化《ごまか》そうともちょろまかそうともしていないのだし。

「ええと……六十二個のうち上が二十二個、中が三十個、下が十個で……加えてゴブリンキングだから……」

ぱちぱちとそろばんのようなものをエリーがはじく。

計算結果が出るまで邪魔をしないように黙る。

「合計で金貨三十六枚ですね」

つまり三十六万円。

内訳は、上質な核が一個五千円。

中程度の核が三千円。

質が悪いと千円。

割が良くないとはその通りだった。

ゴブリンキングの核が一個で十五万円だった。

強さの割に実入りが良かったので、それがあったのが救いか。

「この金額じゃあ、ゴブリン狩るハンターがすくねぇのも分かるなぁ」

ゴブリンだけだと、あれだけやっつけて、あれだけ苦労して核を取り出して、二十一万円にしかならない。

しかも倒す部分は拓実たちだから楽だったのであって。

平均的な駆け出しハンターであの規模の群れに飛び込んだら間違いなく命取りだったろう。

「同じ命賭《か》けるんなら、より実入りがいい方に行くな」

その気持ちは分かる。

ゴブリンはどこも素材にもなりはしないが、スライムなら粘液《ねんえき》を採取すればぼちぼちの値段がつくし、コボルトも爪《つめ》や牙《きば》が素材になる。

命の危険度が同じなら、核しかお金にならないゴブリンに行くハンターが少ないのはしょうがない、というところだろう。

「報酬をあげられたらいいのですが、こればっかりはなかなか……」

ゴブリン、スライム、コボルトは数が多いため、駆除の依頼は特定個人からではなく街から出ている。

行政が依頼主である以上、その辺が画一的になるのも仕方なしか。

今回はたまたま美味《おい》しかっただけで、いつもならもっと不味《まず》い想《おも》いをしながらランクアップのためにゴブリンの依頼に赴くのが普通なのだろう。

そんな駆け出しハンターへの同情もつかの間。

一足飛びでランクが上がった自分たちのことがまずは大切だ。

「気にしないでくださいね」

そう言いながら報酬を受け取る楓。

報酬が安いのはハンター協会のせいではないだろう。

彼らの方が、ゴブリンの依頼の消化率が悪いことや、その改善のためにどうしたらいいかはよっぽどわかっているはずだし、それをクライアントに伝えてもいるだろうから。

それに、拓実たちにとってはありがたいかもしれないのだから。

「それでは、皆様のタグをくださいますか」

「はい」

「ほいほい」

「おう」

「どぞー」

四人のタグがカウンターに並ぶ。

タグを受け取ったエリーは、一個ずつ所定の魔道具に設置してボタンをぽちり。

一回の処理にかかるのは数秒から十数秒。

計四回ボタンを押しても、かかった時間は一分とちょっと。

「出来上がりました。これで皆さんはハンターランク三になります」

たった一個の依頼で達成。

爆速も爆速だ。

ただまあ、ランクが低いよりは高い方がいい。

その分受けられる依頼の幅が広がって、さらに受けられる特典も大きくなるから。

もっとも、ハンターランク三では大した特典を受けられるわけじゃないので、無いよりマシ程度なのだけど。

「じゃあ、また来ます」

「はい。お疲れさまでした。ランクアップおめでとうございます」

エリーに見送られて協会を後にする。

今日の分のお金はだいぶ稼げた。

そして明日以降はランク三の依頼を受けることができる。

金銭的にはかなり余裕が出来た。

「うん、潤《うるお》ってんねー、ウチらの財布！」

パーティ全体の財布の管理をしている天野は上機嫌《じょうきげん》だ。

この街に来てハンター業に就《つ》いてからそう時間は経《た》っていないけれど、稼いだ金額はかなりのものだ。

無駄遣いはしようと思えばできるけれど、何に使えばいいのか分からない、といったところ。

「金貯めやすいよな」

それを実感として持っていた拓実も同調する。それが本来の目的ではないとはいえ、やはり物事がうまくいくと気持ちがいい。

とはいえ金を持っていても、せいぜいが屋台で買い食いするくらいしかない。

そろそろ夕食の時間だからか、周囲からはいい匂いが漂ってくる。

空腹を刺激する匂いだ。

ライオンになってからこっち、嗅覚がよくなってこういった誘惑がかなり強力になったのを実感していた。

この匂いに釣《つ》られるがまま買い食いするのはとても楽しい。

これは十分に無駄遣いと言えるだろうけれど、これ以外にお金を使うところがなかった。

「買わなきゃいけないものも十分だしね」

装備品はユミルから与えられたものの性能が良すぎて、しばらく買い替える必要が無い。

宿暮らしの現在、宿代は結構先まで払い終えているので当面屋根と朝夕のご飯は心配しなくてもいい。

ハンターをする上での必需品《ひつじゆひん》、保存食や回復薬等は経費なので無駄遣いには入らない。

「遊ぶとこもねぇし、酒も飲まねぇし」

日本の様にケータイもなければアプリも無いし、ゲーム機もなければ漫画も無い。日常生活とハンター活動をする上で必要なお金を除《のぞ》けば、どこで使えば、というレベルだ。

「まっ！　ヘンに興味出るもんがなくてえがったっしょ！　ウチらはハンターになったばっかだしにぇ！」

ちゃらんぽらんで軽そうに見える天野のしっかり者の発言。

これがポーズではなく実際にしっかりしているから、財布を預けているともいえる。

これでいて過度な倹約家というわけでもなく、楽しみのための多少の浪費には寛容だし、欲しいと言えば小遣いも渡してくれる。

「今は生活基盤を整えるのが一番だから。だいぶ、整ってきたと言ってもいいだろうけれど」

今後報酬が跳《は》ね上がるランク三の依頼をコンスタントに受けられるようになれば、ますます整うことだろう。

「油断大敵って言うしなあ」

「まあ、サボってる余裕もねぇ、ってな」

「そーそー。ブザマなところは見せられないってなもんよ」

思い浮かべるのは、拓実たちをこの街に放り出した北の魔女、ユミル。

ちょうど彼女の話題が受付嬢のエリーより出てからこっち、曲がりなりにもやれている現状は彼女のおかげだと、大なり小なり噛みしめているところだったりする。

もともとは高校生だった四人。

身体はもう大人と言って遜色はなかったけれど、親の庇護《ひご》を受ける学生という意味ではまだまだ子どもなのは間違いない。

高校生だから、まだまだ子どもだからと甘く見る大人はいた。

だけど、子どもだからしっかりしていないとか、生きていけないとか、そんなことはない。

ユミルは、子どもだからとあやし甘やかし、ということは一切しなかった。

確固たる一個人として四人と向き合った。

自立できる力と知識、初期資金は与えたから、自立して見せろととっとと自分の家から放り出した。

高校生。

大人でありながら子どもである微妙な年ごろ。自分たちなら出来るという根拠のない万能感を抱えていたけれど、それをまだまだ信じてもらえる土壌《どじょう》が、日本にはあまりなかった。

だからこそ。

端《はな》から子ども扱いなどされなかった。甘やかしてすらもらえなかった。

それが、嬉《うれ》しかった。

裏切るわけには、いかないのだ。

「じゃあ、明日からまた、がんばりましょうか」

キリ良くランクも上がって、依頼の難易度も上がっていく。

ここらで心機一転。目指すは名声を上げて、オズに会いに行くこと。

改めて仕切り直すのは悪いことではないだろう。

第四章　勇気

順当というならこれ以上順当なことはない。

勢いよく仕事をしてランクもあがっていく。日本と違ってやることなすことすべてうまくいく。

うまくいきすぎるといってもいい。

もちろんうまくいかないよりはずっといい。

しかしなんとなくそれが罠《わな》のような気がして拓実《たくみ》は少し考えこんでいた。そもそも幼馴染《おさななじみ》の女の子とオズに招かれるというところからしておかしい。

疑問を持ったからといってどうにかなるものではない。それはわかっていた。だが、このうまくいく状況が変わったとしても心が折れないように準備しないといけない。

そんなことを思う。

ハンターランクも三になると、ベテランハンター、上級ハンターが目前に控《ひか》えている。

世間一般的には一人前のハンターとして見られるようになり。

ともなれば、依頼の内容は変わらずとも、その難易度は明らかに上がってくる。

もうここまで来たら、一般人ではどうあがいても抵抗《ていこう》すら許されないような怪物が相手だったり。

一般人では絶対に立ち入ってはならないような場所にあるものを採取してくるような依頼だったり。

ちょっと違う、どころの話ではなく。

もはや難易度の桁《けた》が違う、と言ってもいいくらいだ。

実際にいくつもランク三の依頼をこなしてきて、体感した上での感想だ。

もともとハンターランク二の時点で、一般人では手の出しようがない状況になってしまったところを解決して欲しい、というような依頼になることがほとんど。

言い換えれば、それだけハンターというのは普通の人とは隔絶《かくぜつ》した力を持っているということの証左だったりするわけだが。

「これは確かに、ハンターに依頼するしかない、ってのも分かるなあ……」

眼前に広がる状況を見て、楓《かえで》はぼんやりとごちた。

視線の先。

岩棚《いわだな》の上に鎮座するのは飛竜が一体。

いわゆるワイバーン種に分類される怪物。

小柄とはいえ、その脅威は折り紙付き。

空を飛んで火を吐く。

その爪《つめ》に摑《つか》まれれば馬車さえも砕《くだ》かれる。

広げた翼《つばさ》の幅は平均十メートルほどだと協会で教わった。

数字だけ見たスケール感でいえば、プテラノドンと同じくらいだろうか。

ただプテラノドンと違うのは、こちらの飛竜、ワイバーンの方が明らかに骨太であるということ。

「うん、無理だな。ここまでくると、戦う力がないと見つかった時点で終わりだわ」

楓と一緒にやってきた拓実《たくみ》もまた、何故《なぜ》飛竜がハンターランク三の依頼で出てくるのかを理解した。

「というか、一気に難易度上がりすぎじゃない？」

「俺《おれ》もそう思う。もっと段階踏《ふ》んでいいんじゃないかと思うんだ」

エリー曰《いわ》く、ランク三で依頼する飛竜は、ワイバーンの中でも最下級に弱い個体のみだそうで。

呼び名としてはレッサーワイバーン。

通常のワイバーンよりははるかに力が弱く、竜鱗《りゅうりん》もまだまだ柔らかくて倒しやすいとのことだ。

逆に言うと、レッサーワイバーンくらいは倒せないと、上級ハンターにはなれないのだろう。

『レッサー』がつかない通常個体には、上級のハンター以外には依頼が回ってこないそうだから。

「二人でやれると思うか？」

「どうかな？　やれるんじゃないかな？」

疑問形の返事だったけれど、気負いは特に無かった。

根拠は無いけれど、感覚的にやれるんじゃないか、と思っているんだろう。

それは拓実も同様。後は、楓のために、楓が頼んでくれるのなら、そのためなら戦える、と思った。

カリほどの威圧感を感じない。

ゴブリンキングよりは強そうだけど、それでも大きな差があるとも思えない。

「まあランク三の依頼の中でもピンキリみたいだけどね」

ゴブリンキングといいこのレッサーワイバーンといい、どれも上側なのは間違いない。

「そりゃな」

翻《ひるがえ》って依頼の中には「ランク三相当の怪物が出現する地域にあるどれそれを取って来てほしい。怪物を倒す必要はない」というものもある。

こういう依頼は、怪物を避《さ》けてブツさえ取って帰還すれば終わるので、楽な方の依頼になるだろう。

当該の怪物と敵対しないようにすればいいだけなのだから。

「じゃ、やろうか。あっちも時間かからないだろうし」

ここに山西《やまにし》と天野《あまの》がいない理由。

それは、二手に分かれて依頼をこなしているからだ。

拓実と楓がレッサーワイバーンの討伐《とうばつ》。

山西と天野がオークの群れの討伐。

オークはゴブリンと比べてかなり強い。

レッサーワイバーンの強さが十二、ゴブリンキングが十、ゴブリン、コボルト、スライムが一だとすれば、オークは大体六くらいだろうか。

武器や防具を自分たちで作るなどの知恵もあってゴブリン以上の社会性もある。

それ以上に脅威なのは、オークは必ず群れていることだ。

ランク二と三で怪物の強さにかなりの違いがある。

本来はゴブリンやコボルトの強い個体などを経《へ》て経験を積んでからランクは上がるもの。

ゴブリンキングを一パーティで倒せる拓実たちに、そんな手順は不要だっただけだ。

「それじゃ、先よろしくね」

「分かった」

拓実がレッサーワイバーンの前に出て、楓がとどめを刺す段取りだ。

正直言うと怖い。

なかなかビビリな拓実をねじ伏せることができていない。

でも、やるしかない。

「よろしく」と言われたら、できる気がする。

「行くぞ！」

すでにレッサーワイバーンは二人を視認している。

そのうえで楓と距離を取るのは少々勇気が要《い》る。

野生の身体《からだ》にものを言わせて立ち回ることができる拓実と違い、楓は魔法こそ強力だけど、人間の肉体しかないから。

楓を守りながら、レッサーワイバーンから隙《すき》を作りだすのが拓実の役目。

「別にさ、俺が倒しても問題ないんだろ？」

日本にいた時に見たアニメで、とある強いキャラクターが言っていたセリフを小声で口にする。

うろ覚えだけど確かこんな感じだったはず。

自分を鼓舞《こぶ》。

その声が聞こえたのかどうかは分からないが。

「グワアアアア！」

レッサーワイバーンが翼を広げて咆哮《ほうこう》した。

びりびりと空気が震え、鼓膜《こまく》を揺らす。

根源的な恐怖を呼び起こすような圧力のある咆哮。

恐ろしさを覚えるけれど、ライオンの肉体は思った以上に強靭《きょうじん》らしく、身がすくむようなことはなかった。

どうやら距離がある楓にとっては、大きな音だ、くらいで済んだみたいだ。

ばさりと翼を空気に打ち付け、レッサーワイバーンが飛び立つ。

飛竜が狙《ねら》うのは当然楓。

空を飛べない地を這《は》う生き物の望みを叶《かな》えてやる理由は、レッサーワイバーンの方にはなくて当然。

しかしそう来ることは、拓実も楓も当然分かっていた。

「想定済みだよ！」

杖《つえ》を振りかざす楓。

レッサーワイバーンの顔面鼻先で、空気が炸裂《さくれつ》。

一瞬ひるんだところで。

拓実は近くにあった木を力に任せて引っこ抜き、レッサーワイバーンに投げつけた。

鈍《にぶ》い音。

木がぶつかった衝撃でバランスを崩《くず》し、レッサーワイバーンが墜落《ついらく》。

「ほら、地面に落ちたな」

地に墜《お》とされたのは屈辱《くつじょく》だったのか、恨《うら》み骨髄《こつずい》といった目でにらみつけられる。

飛行状態を維持できなくなるほどの衝撃と墜落による衝撃が連続で重なったのだけ

ど。

「さすがにダメージは無いか……」

まあ、木をぶつけて落としただけだ。

レッサーがつくとはいえ、それでワイバーンが傷つくようでは幻滅だ。

ファンタジー作品の大半で「大物」「大きな脅威」「強敵」として扱われる存在。

ダメージを受けてくれなくてがっかりする気持ちと、この程度でダメージ受けるわけないよな、という憧憬《どうけい》にも似た気持ちがない交《ま》ぜになっている。

「やろうぜ……！」

怖い。

でも、拓実が抜かれればその先にいるのは楓だ。

ここは、譲《ゆず》れない。

拓実からの戦意をぶつけられたレッサーワイバーン。

ワイバーンとしては下位種ではある。

しかしそんな彼であっても、大空では並みいる怪物を圧倒する強者。

空のヒエラルキーでは間違いなく上から数えた方がはやいのだ。

「グオオオオオ！」

そんな彼が喧嘩《けんか》を売られた。

冗談《じょうだん》ではない。

猫人ごときが。

たった一匹で大空の強者の前に立ちはだかった。

命知らずとはこのことか。

挑まれることは構わない。

身の程を弁《わきま》えろ、ということだ。

徒党を組んで挑みに来る毛無し猿《さる》の群れの方が、おのれの「程度」というものを弁えている。

まだ相手しようという気持ちになろうものだが。

この猫人は、曲がりなりにも竜種である自分を虚仮《こけ》にしているとしか思えない。

ならば教えてやろう。

地を這うしかない矮小《わいしょう》な獣《けもの》が、愚物に堕《お》ちたらどうなるのかを。。

プライドを大いに刺激されたワイバーンの咆哮は、先ほどのものとは全く違った。

「うっ⁉」

怒りの匂《にお》いがする。

湯気が出るような。焼けるような。感情を火にかけて薪《まき》をくべて一気に高火力で燃やしたらこうなるのだろうか。

お前如《ごと》き、空を飛ばずとも勝てる。

その矜持《きょうじ》が、突進という形で現れた。

空を飛んでいるのだから地上戦は苦手なのか。

そんなわけがない。

二本の脚は強靱で、突進ははやい。

受け流す？

無理だ。

可能不可能ではなく。

後ろに誰《だれ》がいるのかを考えたら、抜かれるわけにはいかない。

ねじ伏せられるか、恐怖を。

「うおおおおっ！」

気合一閃《いっせん》。

信じろ、自分のパワーを。助けろ、仲間を。

迫ってくるワイバーンに、拓実は迎え撃つのではなくむしろ突進した。

牙《きば》を剝《む》いて突進してくるのではない。
硬い角を突き出してくる。
それに、拓実は肩でぶつかりにいった。
ぶつかった衝撃で空気が炸裂した。
周囲の木々や草が揺れる。
吹き飛ばされた。木にぶつかり、一瞬身動きが取れなくなる。
「ギャアアッ！」
その隙を見逃さず、再び突進してくると、翼の先にある爪を振り下ろす飛竜。
爪は一本一本が人間の頭ほどの大きさ。
さすがに鋭利な爪を正面から受け止めるのは難しい。
だから。
潜《もぐ》り込んで、爪が無いところを受ければいい。
翼をはじく。
鳥のように羽で覆《おお》われた翼ではなく、皮膜を使って飛ぶ翼。
その構造故なのか、爪の鋭さこそ脅威ではあれど、翼自体は軽かった。
「ガアッ！」

爪が躱《かわ》されたとみるや、今度はその鋭い牙で喰《く》いついてきた。

これも受けるわけにはいかない。

防ぐことはできない。

防具は身に着けてはいるけれど焼け石に水。

(見極めろ……!)

レッサーワイバーンの前に、役割だからと飛び出したものの、やるしかない、というやけっぱちだった面があったのは否めない。

情けない話だけれど。

ここで死んでしまうのか?

拓実は目前まで迫りくる牙を、ただ眺《なが》めていた。

◇

拓実とレッサーワイバーンが戦っている。

もともと気が小さい面があるのは分かっていた。

拓実とは幼馴染《おさななじみ》だ。

分からいでか。

分かっていたから、この世界でもビビっているのを、咎《とが》める気にはならなかった。

ただ、人に頼られたら力を発揮する性格なのも、知っていたから。

「当然だよね」

楓は魔法使い。

前線に出て敵と武器を交えるわけではない。

つまり、怪物の恐ろしさを間近から受け止める役割ではないのだ。

怪物そのものの恐ろしさは分かる。

ただ。

その牙が。その爪が。その武器が眼前に来る恐ろしさ。

そういった根源的な命の危機、それを味わうことは滅多《めった》にない役割。

だから、拓実のビビリを咎めていいのは、同じく前に出る山西や、時にナイフで首をかっ斬《き》るほどに接敵する天野だけ。

「でも、二人は拓実を咎めなかった」

そう。

咎めるどころか一言も言及したことはない。

それどころか、常々言う。

おお、怖い、と。

剣が目前を通り過ぎるのは怖い。

牙で噛《か》まれそうになるのは怖い。

爪で裂《さ》かれそうになるのは怖い。

山西と天野が示すのは拓実への共感。

相手が強かろうが弱かろうが関係ない。

たとえ客観的な実力差では敵にすらならないことが分かっていても。

怖いものは怖いのだから。

むしろ、ビビりながら、腰が引けながらも投げ出さずに役割を果《は》たそうとする拓実に対する敬意すら見受けられた。

本人たちはそのことを表に出そうとはしないので、楓も一切触れてはこなかったけれど。

「拓実は乗り越えられるのかもしれない」

気が小さいのは生来のものだ。

それを聞くと情けなくも思えるけれど、裏を返すと慎重であるともいえる。

短所は長所と表裏一体。

勇気はあっても後先考えない猪突猛進《ちょとつもうしん》とどちらがいいのか、という話。

慎重で、気が小さくて、でもそれを知った上で、そこから一歩、勇気を振り絞ることがどれだけ尊《とうと》いか。それこそが、本当の勇気。

「なら、わたしがしくじるわけにはいかないよ」

何はともあれ、拓実はがんばっている。

気弱さを克服《こくふく》できるできないはいったん横に置いて。

拓実ならいずれ必ず、大きな隙を生み出す。必ず。

その瞬間こそ楓の出番。

満を持しての一撃で一気に勝負を決める。

その時に準備ができていないなんて、そんなことは許されない。

杖を目の前の地面に突き刺し、両手をかざして詠唱《えいしょう》を始める。

「星は巡り。藍《あい》の空。裁定の刃《やいば》は我が心に……」

魔法の難易度に多大な苦労をしながらやっとの思いで覚えた対竜特攻魔法だ。

ハンターになるなら絶対に必要になるからと、未熟であっても使えないよりは使えた方がいい、必ず役に立つと強く説得されて、教わった決戦魔法のひとつ。

「幻想。濫觴《らんしょう》。抗《あらが》う人々の福音《ふくいん》となりて、銀の光よ道を拓《ひら》け……」

生きる場面が、こんなに早くやってくるなんて。

北の魔女曰く「例外なく、魔法は無詠唱で扱えて初めて、覚えたと言っていい」とのこと。

当然ながら、師は無詠唱でも行使可能だ。

火、水、風、土の魔法や光や闇《やみ》の魔法とは、はっきりいって難易度の次元が違う。

ユミルが提示して楓に仕込もうとした決戦魔法はいくつもあったけれど。

あまりの難しさに三つしか覚えられなかった。

そのうちのひとつが、これだ。

「我が祈り、宵闇《よいやみ》を裂きて明星《みょうじょう》に至る。ここに今、空を墜とさん……！」

ぶわ、と。

楓の周りに魔力が渦《うず》巻く。

無詠唱であれば余波が散ることもなくいきなり撃てるのだけど、今の楓にそんな真《ま》似《ね》はできない。

よってこうして、大技を撃つことが準備段階で露見してしまうのだ。

それが、ユミルが「無詠唱前提」という理由だろう。

現に、レッサーワイバーンの注意が自分に向いたことを、楓は鋭く察知した。その牙が、正に拓実を噛みちぎろうとしたその瞬間だった。

一身に注目を集め、害意を浴びる。

無詠唱でないとならない。しかしそれは、いずれのこと。

それに。

「わたしに注目していいのかな?」

そう、レッサーワイバーンのそばには。

「よそ見とか、舐《な》めてんじゃん!」

幼馴染だからだろうか。

「拓実、あなたがやりたいことを、今あなたのためにやって!」

息が合っていた。

ステップを助走として勢いづけた回し蹴《げ》りが、レッサーワイバーンの顎《あご》をカチあげ。

その勢いを利用して跳び上がり、翼の付け根にかかと落とし。

「ゴギャアアッ‼」

口から漏《も》れる悲鳴。

正面から相対して受けるダメージ、楓に気を取られたばっかりに意識の外から不意に受けるダメージ。

同じ威力だったとしても、心構えに差があれば痛みが違って当然。

レッサーワイバーンが悶《もだ》えのたうちまわるほどのダメージになった。

強者としてプライドが高い飛竜種が、痛みをこらえられないほどの一撃。

「ここだ！」

拓実が男を見せた。

ならば、次は楓の番だ。

「刺し穿《うが》て、墜星の槍《やり》！　シルバーレイ・アシュカラン！」

緩く開いた右手の人差し指をぴたりとレッサーワイバーンに向け。

最後の呪文を口にする。

銀色に輝く槍《やり》が空間を引き裂き、楓の右手とレッサーワイバーンの肉体の間に一筋の線を描いた。

ドン、と腹に響く音と共に、レッサーワイバーンの胴体に直径数十センチの穴が空《あ》いた。

銀の槍は飛竜の身体をやすやすと貫通し、そのまま地平の彼方《かなた》へ消えて行った。

「グウ、オ……」

実際に竜種に向かって撃つのは初めてだった。

さすが対竜特攻魔法だ。

竜以外にはさしたる効果は出ないのだが、竜種に撃った場合は絶大な威力を発揮する。

効果を発揮する範囲を竜種のみとこれ以上なく限定しているからこそ、魔法使いとしてはまだまだ発展途上である楓でもこれだけの殺傷能力を発揮できたのだろう。

レッサーワイバーンは虫の息だった。

「ガ……」

最後に一度呻《うめ》いて。

レッサーワイバーンは地に沈んだ。

「ひゅう、すごい威力だな」

魔法が放たれる瞬間に距離を取っていた拓実も、その光景を間近で見せつけられて思わずうなる。

油断なく少しずつレッサーワイバーンに近寄った拓実。

その目から光が失われているのを見て、完全に沈黙したのを確認した。

楓にサムズアップを送る。

これで依頼達成だ。

たとえレッサーとついても、竜種は竜種。

その素材は血の一滴に至るまで捨てるところなしと言われるほどに優れたものだ。

すべて持って帰るのが基本。

というわけで。

「協会から借りたこれが役に立つね」

楓がポーチから取り出したのは、魔法収納袋。

大型の怪物を討伐し、それをハンターに持って帰って来てほしい場合に貸し出しているものだ。

借り受ける際に補償金が必要になるけれど、きちんと返却すれば全額戻ってくる。

レッサーワイバーンより大きい怪物でも楽々と入れられる優れものだ。

「これを広げてっと」

口を広げてレッサーワイバーンの死骸《しがい》にかざす。

すると巨体が吸い込まれるように魔法収納袋に入っていった。

「おお、入った……」

翼長十メートルにもなる巨体がサッカーボールくらいの袋にすっぽりと収まって。

「すごい、重さも変わらない」

実際にぶつかり合ったからこそ、拓実はレッサーワイバーンが相当な重量を持っていることも分かっていた。

レッサーワイバーンは魔力で飛んでいるので、飛ぶために体重が軽く進化した鳥や翼竜など比較にもならないくらいに重い。

確かにそれが入っているはずなのに重さが変わらないのは、さすがマジックアイテム。

「解体しなくていいのはいいな」

「そうだね」

解体は協会でやってもらえる。

有料だけれど。

血まみれになることと、怪物ごとに知識が必要になることを考えたら、協会にやってもらえるのはありがたい。

特にこんな大物ならなおさらだ。

「俺、魔法収納袋欲しくなったよ」

「偶然ね、わたしもだよ」

この便利さを一度味わってしまえば、欲しくなるのも当然。

協会では所属ハンター価格で売っていると、エリーが言っていた。

そういうところも狙っているのだろう。

商売上手《じょうず》なことだ。

「この世界で欲しいものって無かったから、実質初めてかもね？」

「ああ。確かに」

この世界に、日本出身の拓実たちがどうしても欲しいと思うものはなかった。

拓実と山西がせいぜい武器屋で剣などに目を奪われるくらい。

でも、山西はすでに良質な斧《おの》を持っているし、拓実は武器を必要としない戦闘スタイルで、武器があるとむしろ邪魔なくらい。

趣味のために剣を買ったところで、使い道が無い物ではすぐにお荷物になってしまう。

それに比べたら、この魔法収納袋は実用性も、高価な魔道具という所有欲を満たしてくれるという観点からも、とてもいい目標になりそうだった。

「そのためには、お金貯《た》めないと」

「結構高いんだよなぁ、これ」

そう、決して安い買い物じゃない。

これを買うには、もっともっと精力的に依頼をこなさなければ。

「がんばる理由はいっぱいあってもいいじゃない」

「それもそうか」

オズの魔法使いの世界を取り戻す、という大目標はぶれないけれど。

それ以外の寄り道的な目的目標があってもいいだろう。

ハンター生活を快適にするための投資はきっと一番いい。

「じゃあ、帰るか」

「ああ」

もうここには用は無い。

二人は並んで歩きだした。

◇

「ふう……」

ごん、と地面に下ろした斧の柄に手を置いて、山西は周囲を眺める。

見渡す限り転がるのはオークの死体。

狩りも狩ったり二十体。

「めんどくさかったぁ～……」

天野も辟易《へきえき》した様子で、ようやく終わった戦いに疲れを隠せなかった。

ゴブリンよりは圧倒的に強く、また頭も良かった。

徒党を組むだけならまだしも、連携《れんけい》して押したら引いてと、頭を使った戦いを強《し》いられた。

実力的には山西と天野の圧勝。

だからあっという間に終わると思っていた。

「ずいぶんと手間かけさせてくれやがって」

山西の方は、ブリキの身体だから肉体的な疲労はない。

それは天野もそう。わらのかかしの身体は肉体疲労とは無縁だ。

だけど、今は二人とも疲れを感じている。

身体の疲れじゃなくて、精神の疲れだ。

「逃げようとしたり、鬱陶《うっとう》しい動きしたよねぇ」

依頼内容はオークの小集落の殲滅《せんめつ》だったので、逃がすのはうまくない。

なので逃げるオークが出ないように戦う必要があったのだけれど、とても骨が折れた。

「まあ、全滅させられてよかったぜ」

山西が魔法収納袋を取り出してオークをひょいひょいと放り込んでいく。

オークは毛皮が素材になるし、肉は高級豚肉と遜色《そんしょく》ない味でとても美味《うま》いそう。

二十体すべて持ち帰ることができればなかなかいい額で売れるらしく、ならばと保証金を支払って魔法収納袋を協会から借りたのだ。

「そうだにぃ。ずいぶんと戦い方がウマくてさーもー」

ゴブリンなどとは比較にならない集団戦闘巧者。

その上一体一体がゴブリンよりも数倍強い。

さすがランク三の依頼というべき難易度だった。

「これじゃあ、レッサーワイバーンとどっち行った方が良かったのかわからねぇな」

「ウチらがあっちでも良かったね」

どちらがどちらに行っても戦力は変わらないので、この組分けでも全然構わなかったのだが。

エリー曰く「総合的な難易度はどちらを選んでも変わりません」とのことだったの

で、適当にオークを選んだのは天野だ。

自業自得とはちょっと違うけれど、仕事が終わった後に言ってもしょうがないこと。

本来の目的はどちらも達成できたので、恐らくどちらでも良かったのは本当だったりするわけで。

「ちょっとは進展すっかな？」

「どーだろーねー？」

戦闘による精神的疲れもなんのその。

二人の声には興味本位のにおいが多分に混ざった。

そう、いわば野次馬根性。

友達以上恋人未満的な同級生同士がまれに醸《かも》し出すピンク色の匂いを生暖かく感じつつ見守るサムシング的な。

「まあ、少なくとも飯沼《いいぬま》の方にはそういう感情なさそうだよな？」

「そだね。松島《まつしま》っちの方はビミョーかな？　どっちとも取れる感じ」

「ああ」

「オンナノコ慣れしてないのは間違いないけんど」

「んだな」

そりゃあ、彼女なんていたことない拓実だ。

自分たちの共通言語が通じる小さなコミュニティで、決まった男友達とつるんでいることがほとんどだ。

女子にまったく興味がないわけではなさそうだが、他のクラスメイトと仲良くなろうとしているところはみたことが無い。

「あいつら幼馴染だっつーじゃん？」

「ん、言ってた言ってた」

嘘《うそ》をついているわけじゃないのは分かる。

多分、どこかのタイミングで自然と疎遠になった。

そんなところだろう。

別によくある話だ。

女子と仲良くしているとからかわれる、というのは幼少期によく起きたこと。

「見てる限りだと普通だよな？」

「うん。ぎこちなくはないにぇ」

拓実も楓も、普通に会話をしている。

そこは疎遠だったとはいえ幼馴染。

相手のことをそれなりに知っている者同士、ただ他愛《たわい》もない会話をするくらいは可能なんだろう。

楓はもちろんのこと。

女子に慣れていない拓実も、楓相手なら女子慣れしていない様子は見られない。

「どっちかっちゅーと、あーし相手の時かな、松島っちがギコチないのって」

「それなー」

話しながらも山西はオークを魔法収納袋に入れている。

最後の一体を入れ終えて、オークの小集落だったところは住人がいなくなりすっかりさみしくなっていた。

「楓っちはベツにそういうのないっぽい？」

「ねーだろうな。オレに対しても梓《あずさ》に対してもフツーだしな」

「だよねぇ」

収納漏れが無いのを確認した二人は、どちらともなく同じ方向に……正確には街の方に向かって歩き出した。

もうここに用なんてないから。

「飯沼は動物好きなんかな、拓実の毛皮がお気にみてーだな」

「ああー、あれか！」

あれはミモノだと天野がにんまり笑う。

毛皮をモフモフする楓と、そのスキンシップを受けて明らかに緊張気味の拓実の対比は実に見ていて面白い。

楓は周りをよく見ていて気付く方だが、ライオンの毛皮を堪能《たんのう》しているときは周囲にそこまで目が向かないのか、どぎまぎしている拓実に気付いている様子はない。

それがより面白いのだけれど。

「帰ったらくっついてたら面白くね？」

「いやーありえないでしょー。面白いのは否定せん！」

「じゃあ賭《か》けっか？」

「いいよー」

「せぇの」

「くっついてない！」

二人して仲は進展しないに賭けた。

拓実と楓を二人きりで行動させたくらいでくっつくなら苦労はない。

「なんだ、賭けにならねーじゃん！」

「それはそうっしょ！」

二人は楽しそうに笑いながら歩く。

日本でもともと付き合っていた二人は、オズの魔法使いの世界に来ても仲は良好だった。

◇

もうすぐ休める——

荒野から森を突き抜けて街道まで出たところで、どちらともなくそう言いだして。

旅人や行商人らが利用する宿場町にて一休みすることにした。

街と街の間にはこうした宿場町がいくつも存在する。

「あー、帰ってきたー」

拓実はうーん、と身体を伸ばす。

「休むのは食事処《どころ》でいい？」

「ああ、いいよ」

拠点としている街ではない。

でも、文明が及《およ》ばぬ土地から、文明圏内に戻ってこれたことで人心地。

今回のレッサーワイバーンの依頼とオークの依頼。

依頼を遂行《すいこう》するにあたって選んだのがこの宿場町だ。

レッサーワイバーンの出現地域にも、オークの出現地域にもどちらも近かったから。

ここで部屋を確保し、活動拠点にしたわけだ。

依頼をこなすにあたって拓実たちのような行動をするハンターは多い。

というか、宿場町を生《い》かすのがいい、とアドバイスをくれたのはエリー。

だから先達ハンターの真似をしているのは拓実たちの方。

「うーん、やっぱり落ち着くならこういうところがいいね」

食事処でお茶をしながら、荒野や森に身を置いていて尖《とが》っていた神経を少しずつ元に戻していく。

野生のただなかに行くのは、普通の精神状態ではとてもじゃないけれどできない。

食事処は店内とテラス席がある。

拓実と楓はテラス席でくつろいでいた。

「しかし、村にも及ばない規模だね」

楓は周囲を見渡した。

歩いている人はそれなりにいる。
自分たちと同じハンター。
傭兵《ようへい》。
商人など。
この宿場町はさすがに拠点としているレインレストには及ばない。
比べちゃいけない。
宿屋、食事処、道具屋、鍛冶屋《かじや》、それから家が数軒。
怪物除《よ》けの柵《さく》で囲われているだけの簡易な宿場町。
もちろん防衛に従事している兵士などはいる。
だけれど、それだけでは不十分じゃないかと思ってしまう。
実際にそのような事態が起きることもあるだろう。
だけど、それは間違っていることがすぐに分かった。
ドド、ドド、と蹄《ひづめ》の音。
十騎の騎兵が編隊を組んでこちらにやってきた。
「あれは兵士かな？」
鎧《よろい》から馬上槍に至るまで装備品が統一されている。

聞けば、こうして街道の治安維持をしているのだ。

街の防衛をする兵士と、街道の治安維持をする騎兵部隊。

その合わせ技によって秩序《ちつじょ》と平穏を保《たも》つ仕組みなのだ。

この宿場町に来るのには辻《つじ》馬車を利用した。

日本でいうところの、街と街の間を往復する電車やバスのような位置づけだ。

さすがに電車、バスのように時間に正確じゃないけれど。

そういえば辻馬車に乗ってる時にも、たくさんの馬の群れと何度かすれ違ったような気がする。

揺れが心地よくてうとうとしていてうろ覚えだった。

多分それも、街道をゆく騎兵隊だったのだろう。

「あれだけしっかり治安維持していたら、街道周りは安全だね」

辻馬車には護衛らしい人が乗っていた。

しかし馬車を完全に守るためにはギリギリの人数。

念のため雇《やと》っているのだろう。

そういう商売ができるのも、街道なら安全に移動ができることの証明だ。

楓の心持はもう落ち着いていて、平常時に戻っていた。

気持ちを落ち着ける要因になったのは、ライオンの毛皮だ。

触り心地がとてもいい。

「ん～……癒《いや》し」

顔をうずめて毛皮を堪能。

アニマルセラピーとはこのことか。

「……」

一方、されている拓実はそれどころではなかった。

年頃《としごろ》の女子高生にそうされている現状は身体に変な力が入る。

楓は、拓実にとっては憎からぬ相手だ。

それどころか幼馴染であり、恋愛感情、男女という要素を抜きにしても様々な意味で特別な存在である。

意識しないで済むわけがない。

（楓がこうなるのは今に始まったことじゃないけどな……）

いつも通りの独白。

表面だけなら平静を装《よそお》っていられる。

表情は変わっていないはずだ。

ポーカーフェイスを保っているはず。

「……」

やめろとは言わない。

正確には「もう」言わない。

ちゃんと男と女だぞ、と諭《さと》しもした。

そんなべたべたくっついていいのかと。

でも、なしのつぶて。

楓から返ってきたのは「その前に拓実くんはただのライオンじゃん」という言葉。

取り付く島も無かった。

男として見られていないことにショックを受けるものの、だからこそこうして楓からスキンシップされている事実がある。

男として見られていたらこうはなっていない。

果たしてどっちがいいのか。

ライオンで良かった――そう思う自分がいることに、キモさを覚えなくもない、正直に言って。

シンプルにでかい猫扱いされているけれど。

それがいいのか悪いのか、何ともいえない。

「……そろそろ、な」

「えー、もうちょっと」

止《や》めたらどうだ？

と遠回しに告げたら、ノータイムで拒否された。

もうしばらくこの状態が続くらしい。

天国なのか、地獄なのか。

道行く人は、そんな楓を見てほほえましそうだ。

人々の視線に晒《さら》されている拓実は、それどころではなかった。

しばらくして山西と天野と合流した拓実だったが、二人に向けられた何とも言い難《がた》い視線に居心地悪く身じろぎした。

どうやらこうなることは分かっていて。

しかも一切触れてこないのが余計にアレだ。

いっそからかってくれたら笑い飛ばせたのに。

これだからリア充は……と心の中で唸《うな》るしかない拓実なのだった。

◇

依頼を終えた山西、天野と合流した拓実たちは、宿場町で一泊して街に戻った。

朝にはレインレストに戻る辻馬車を捕まえることが出来た。

ただ、着いた時にはすでに日が沈む寸前。

もっともそれくらいの時間がかかることは往路で分かっていた。

なのであわてず騒がずレインレストのいつもの宿で一泊。

前金で宿泊費はだいぶ先まで支払っているので、留守《るす》にしていても部屋は確保してくれている。

ハンターは依頼で長期間留守にするのは珍《めずら》しくないので、一か月分くらい支払って寝床《ねどこ》を確保しておくのは基本だったりする。

翌朝、混雑する時間帯を避けてハンター協会に赴《おもむ》き、エリーに依頼達成を報告する。

「お疲れさまでした。ご無事で何よりです」

帰還を喜ぶ言葉とねぎらいの言葉に嬉《うれ》しくなる。

「じゃあ、狩ってきた獲物《えもの》を出したいんですけど……」

ここでは無理だ。

ロビーは別に狭くはない。

オークを出しても、レッサーワイバーンを出してもまったく問題ない広さはある。

けれど、ここで出していい、というものではない。

理由なんぞ考えるまでもない。

シンプルに邪魔だからだ。

「そうですね、ではこちらへ」

ハンター協会としてもその辺は重々承知している。

そもそもレッサーワイバーンやオークの依頼を出して、魔法収納袋まで貸し出しているのだから、大物が持ち帰られることも想定していて当然だ。

カウンターを同僚《どうりょう》に任せたエリーに案内された倉庫のような建物。

解体を行ったり、ハンターが狩ってきた怪物の死体を一時的に保管したりする場所らしい。

「ガルモンさーん！」

「おう、エリーじゃねえか。どうした？」

「ガルモンさん。ここ使っても大丈夫ですよね？」

エリーに呼ばれて奥から顔を出したドワーフの職人に出迎えられた。

風貌《ふうぼう》と雰囲気《ふんいき》から、思わずおやっさん、と呼びたくなる。

「ああ、今日は夕方まで何もねえから構わねえ。ひとまず確認か？　解体になったら呼びな」

「分かりました。ありがとうございます」

許可は取れたらしい。

ガルモンは再び奥に引っ込んでいった。

「あの人がここの責任者です。ぶっきらぼうで口も悪いですが、仕事は天下一品ですよ」

ドワーフといったら物づくりという印象があった。

それだけではなく、解体もやるようだ。

先入観だったということだろう。

「結構冷えるね……」

唯一人間である楓が、ひえびえとした倉庫の中で気温が低いことを訴えた。

山西や天野が感じないのは当然。

中に確固たる人格はあるものの、身体は無機物だ。

熱を感じないのは羨《うらや》ましいなと思う。

まあ、ユミルから弊害《へいがい》も聞いているが。

熱い、寒いと思うのは生き物の防衛本能。

これ以上は同じ場所にい続けると肉体機能に障害が生じる、という身体からの警告。

それを感じないということは、致命的な損傷を負う可能性があるから気をつけろ、とユミルは言っていた。

「俺はまだ大丈夫だな」

野生に生きるライオンは、人間よりは寒さへの耐性はある。

このくらいなら大丈夫だ。

まあ、とはいえ生き物の範疇《はんちゅう》には収まるので、暑さも寒さも度を越えた温度には耐《た》えられないのだけれど。

「先ほども申し上げた通り、こちらの施設は解体の他に生肉を保管したり、獲物の死体を一時的にお預かりするのに使用しておりますので、傷まないために室温は常に低く設定されております」

納得である。

シンプルに冷蔵庫、ということだろう。

「こちらでなら出して大丈夫です」

かなり広い。

高校の体育館よりも確実に広かった。

これなら、レッサーワイバーンやオークの死体を出しても大丈夫だろう。

「じゃあ出しちゃいますね」

まずはレッサーワイバーン。

どん、とど真ん中に置かれる。

その大きさと迫力たるや。

これをただ見せるだけでも見物料が取れるのではないだろうか。

「ひゃー、こんなんだったんだ、すげー」

「やるじゃねえか拓実、飯沼」

レッサーがつくとはいえワイバーン。

生半可《なまはんか》なものじゃないだろうとは思っていた。

でも実際にこうして死体を見ると壮観の一言だ。

個体としての強さは圧倒的。

拓実がこれと真正面から立ち会ったなんて今聞いても信じられないし、どてっぱらに空いた大穴も楓の魔法の威力を如実《によじつ》に物語る。

「次はあーしたちだよ」

「ああ。こいつに比べちゃ、ちっとインパクトに欠《か》けんだよなぁ」

山西が取り出したるオーク。

狩りも狩ったり二十体。

偶然にもぴったりだったりする。

レッサーワイバーンから離れたところに、オークの死体が次々と積み上げられる。

大体体高二メートルから三メートル半ほどの巨軀《きょく》が積み上がる様子に、慣れているはずのエリーも感嘆の声を漏らす。

「これで全部だな」

「うんうん。間違いなく二十体出してあるよ」

「よく逃がさず討《う》ち漏らさず全滅させたな」

「本当だね。面倒くささじゃ絶対こっちの方が上でしょ」

話には聞いていた。

ゴブリンなど比較にもならない迫力。

これが二十体。

しかも賢《かしこ》く集団戦闘に長《た》けるなんて、面倒さではレッサーワイバーンなどの比ではない。

「どちらも凄《すご》い、大漁ですね！」

興奮気味のエリーが大声を出す。

「でけー声出すんじゃねえ！　……おお？」

かなりの大きな声だったので腹を立てたガルモンが再び顔を出した。

そして、倉庫のど真ん中に鎮座するレッサーワイバーンとオークの死体を見てすぐに仕事人の顔になった。

「ほお……なかなかのもんだ。これはそいつらか？」

近づいてきたガルモンは顎髭《あごひげ》をこすりながら死体の周りをうろうろして眺める。

「はい。死体を持って帰って来てもらったので、解体しようかと」

「おう。なるほどな。この感じだとランク三ってとこか？」

「そうです。さすがですねガルモンさん」

死体の状態を見ただけでハンターがどのランクかまで分かる。

さすがは職人というところか。

「こいつは、難易度的にゃうちの連中にぴったりだな。夕方前には終わるだろ」

どうやら、解体を引き受けてくれるようだ。

ありがたい。

「じゃあ、急ですけどお願いしてもいいんですか？」

「どうせしばらくは暇《ひま》だからな。任せとけい」

自分たちでやるとなったらどれだけ時間がかかるのか分かったものじゃないし、引き受けてくれるならそれに越したことは無い。

倉庫にそのまま置いて、拓実たちはエリーに先導されて倉庫を出た。

カウンターに戻ってきた一行。

改めて依頼達成の手続きを行う。

といっても何かしたり書いたりする必要はなく。

むしろ手を動かすのは協会側だ。

「さて、解体費用は報酬《ほうしゅう》から差し引いてお支払いしますね？」

「はい、お願いします。それでいいよね？」

振り返って確認する。

「いいよ」

「いいよーん」

「おういいぜ」

すると、全員が間髪《かんはつ》入れずに同意したので話は一発で決まった。

「素材は売却《ばいきゃく》なさいますか？　それとも売りたくないものはございますか？」

「わたしはないけど……」

「俺も無いかな」

「あーしもいらなーい」

「オレも欲しいもんはねーなぁ」

こちらも全員意見が違《たが》うことなく一致。

特にレッサーワイバーンの素材は色々と使い道があることは分かっている。

竜種の素材は捨てるところがないのだ。

でも、今すぐ何かに使うわけじゃないので、取っておいても仕方がない。

もしも必要になったら、依頼が出た時にまた狩りに行けばいいだけだ。

「承知しました。では解体後、査定をして報酬をお支払いいたしますね」

「それでお願いします」

これで所定の手続きは終わり。

「これで手続きは終わりです。お疲れさまでした」

今日も無事に依頼を終えることができた。

　五体満足。

　誰も欠けるどころか、怪我《けが》もすることなく乗り切って街に戻ってこれた。

　まだまだ余裕はあるとはいえ、一手判断を間違えれば負傷し、場合によっては死ぬかもしれない。

　敵が強くなってきて、改めてそういう可能性を肌で感じるようになってきたハンターランク三の生活。

　だいぶ慣れてきたころだったのだが。

「ところで……」

　大きな依頼を達成した後なので、今日と明日くらいは身体を休めるために休暇でもいい。

　いつもの宿に帰ろう。

　ゆっくりとできる。

　そんなところだったのだが。

　どうやらまだ、エリーの話は終わっていないらしい。

「え？　なんです？」

　呼び止められるとは思っていなかった楓が、ちょっと素《す》っ頓狂《とんきょう》な声を出してしまった。

「皆様はランク三でもだいぶ実績を重ねられました」

「……まさか」

「はい。皆様は実力を十分協会に示されました」

エリーの真剣な声が、顔が。

「よって、今回の依頼をもって、当ハンター協会は、皆様であれば上級ハンター試験に挑戦する資格ありと判断いたしました」

「上級ハンター……」

まさかである。

こんなに早く。

しかし、エリーの声色と表情は、一切嘘を言っていない。

「……それマ？」

天野の言葉は、それってマジ？　の略だ。

色々と特徴的な言葉を好んで使う天野。

でも、そういう略し方をしたことはなかった。

彼女の口から無意識に普段は使わない言葉が飛び出てしまうくらいには驚いている

ということ。

「はやすぎじゃね？」

「そこまで依頼やったっけ？」

拓実と山西も告げられた言葉には驚きを隠せない。

夢中になって依頼をこなしていただけだ。

「実績は十分積まれております。また、オーク二十体とレッサーワイバーンを、フルパーティではなく二人ずつで手分けして討伐されたことで、昇格試験依頼への挑戦条件が満たされました」

「……本当、なんですね」

「もちろんです。さて、いかがなさいますか？」

受けるのか。

受けないのか。

まだ自分がその領域に達していないと思えば辞退してもいい。

それを慎重であると評価することはあれど、臆病であるとそしることはない。

ハンターという仕事は命を賭け金にする仕事。

死んでしまったら終わりだ。

ハンター協会としても、ハンターを無暗《むやみ》に失うことを望んでいるわけではない。

ハンターが解決しないと街や村がひとつ滅ぶという緊急事態のような、どうしても出てもらわなければならないという場合を除いて、基本的にはハンターの自由意思において依頼の受注は行われるべき、と規定に明記されている。

協会としても、上級ハンターの数が増えるのは大歓迎だ。

しかし、ハンターの自由意思が優先される以上、強要は出来ない。

「どうする？」

楓は問いかける。

もちろん、楓だけで決めていい話じゃないから。

「わたしは、いいと思ってるんだけど……」

楓としては受けるべきだと思っている。

現在の目的は主に二つ。

オズの世界で生きていくための地盤づくり。

そして、オズの世界の空気に馴染《なじ》むための準備運動。

これからが本番なのだ。

ハンターの肩書があるだけで市民権を得られて、十分生きやすくなった。

それが上級ハンターとなれば、オズの世界を歩くのになおのこと役立つだろう。

そういう判断からの「受けるべき」という意見だが。

「いいんじゃないか？」

拓実は自らの意思で、そう言った。

「おお。今のオレらならやれんべ」

「上級くらい、今のあーしたちならいけるっしょ！」

三人とも楓に同意した。

迷いは一切なかった。

「承知いたしました。ではただいまをもちまして、皆様の昇格試験依頼受注が完了いたしました」

そう言いながら、エリーがすっと依頼書を差し出す。

どうやらおあつらえ向きの依頼があったみたいだ。

タイミングがいいのか。

もしくは。

星のめぐりあわせ。

いわゆる風が吹いている、というやつだろうか。

「こちらが昇格試験依頼。内容をご確認ください」

手に取って内容を見てみる。

「これは……」

楓が目を見開く。

その反応が気になったのか、拓実、山西が楓の肩越しに。

もっとも背が低い天野が楓の下からのぞき込む。

「はい。こちら、カリの討伐依頼になります。この近辺には、上級ハンターのみが依頼を受注できるカリダという怪物が存在します――」

エリーが説明を続けている。

カリは、カリダの幼体。

カリダはオズの魔法使いの原典に登場する恐ろしい怪物だ。

実際に、カリの強さは身をもってすでに知っている。

この世界に来たばかりの時にユミルに倒され、また修了試験として四人での打倒を課されて戦った相手だ。

ゴブリンキング、オークの群れ、レッサーワイバーン。

それら強力な怪物を相手に戦えたのは。

カリという強敵とすでに戦ったことがあったからだった。

それらのいずれもが、カリにすら及ばないと断言出来た。

それほどに、強かった。

「――ということです。よろしいですか？」

「……はい、大丈夫です、ありがとうございます」

エリーの話は聞いていた。

知っている話だった。

なにせ、ユミルには、自身の書庫に答えはあると言われ、自分たちで一生懸命調べたことがあるのだから。

「かしこまりました。では、依頼にはいつでも出発していただいて問題ございません」

できれば急いでほしいのだろう。

この依頼書には、この街から馬車で二日ほどの村の近辺でカリが発見されたとある。

依頼が出された時点で村は無事だが、今後はどうなるか分からない。

はやいうちに討伐しないと犠牲者が出てしまう。

「分かりました。じゃあなるべく早く、出発します」

そういうことなら、出発ははやければはやいほどいい。
犠牲者が出てしまっては、依頼を達成できても後味が悪くなってしまう。
拓実たちはその場で話し合い、即出発することにした。
「ええっ⁉」
エリーは思わず声をあげてしまった。
「今からですか⁉　大丈夫なんですか？」
昨日大物を狩って帰って来たばかりだ。
一晩寝たとはいえ、すぐに行けるのか。
一つ依頼をこなすたび、一日から人によっては数日休むのがハンターの基本。
ランク一なら毎日受けることもまあ可能だ。
ランク二ならまだ二日連続で受けることもできなくはない。
しかし、ランク三になると毎日依頼を受けるというのは現実的ではない。
でも拓実たちは行くという。
これまではずっと一度依頼をこなしたら一日か二日は必ず休んでいた。
「大丈夫ですよ。行けます」
楓は自信をもって言い切った。

そこには一瞬も淀《よど》みはなく、表情にも一切の迷いはなかった。

それは楓だけではなく、拓実、山西、天野もそうだ。

◇

四人の顔を見て、エリーはふと気付いた。

受付嬢として一人前に認定されて数年。

それなりに現場で経験値は積んできた。

そんなエリーだからこそわかることがあった。

それ以上は何も言わずに、エリーは四人を見送った。

彼らが出て行った後で独《ひと》り言《ご》ちる。

つまり。

「休みは要らなかったということ……？」

だとするならば、ハンターとしての作法に合わせていただけ。

ランク三の依頼であっても、毎回休まなければいけないほどの疲労は無かったということになる。

毎日ランク三の依頼を受けられる。
それは、よほどの実力が無ければできないこと。
「なら、この試験依頼なんて……」
あの四人がどのような結果を引っ提《さ》げて帰ってくるのか。
エリーは、完全に予想できた。
外れる気は、まったくしなかった。

◇

現場方面に向かう辻馬車に乗って、移動すること二日間。
最寄《もよ》りの宿場町から歩くこと二時間ほど。
目的の村に到着した。
「止まれ、何の用事でここに来た？」
村を守っている衛士《えじ》に止められる。
しかしそれはあくまでもルールに従っているだけ。
彼の目は、期待に染まっていた。

何に期待しているのか、楓はもちろん、他の三人も理解している。

「ええと、依頼を受けてきたハンターです」

「おお、やっぱりか……！」

そうだ。

ハンターがやってくるのを、一日千秋の思いで待っていたのだろう。

「よく来てくれた！　さあこっちへ！」

衛士に案内されて村の中へ。

「おーいエンゾ！　村長呼んでくれ！　ハンターさんが来てくれたぞ！」

「なに!?　了解だ、待っててくれ！」

エンゾと呼ばれた男は畑仕事をほっぽり出して走っていった。

「すまねぇ、ここで待っててくれんか？」

村の中央広場らしいところまできて、衛士は立ち止まった。

広場といっても、レインレストにあるような大きな広場ではない。

ちょっと広いだけの土地。

多分、ここでは祭りを開いたり、行商人が商売をしたり。

日常では井戸端会議などが行われる憩《いこ》いの場だろう。

その広場で待つこと、数分と言ったところだろうか。

白髪《はくはつ》に白髭《しろひげ》。

かくしゃくとした老人だった。

「ほほう、そなたらがハンターさんかい」

「はい。カリについて分かってることを教えてください」

具体的にはどの方向で目撃したのかとか。

犠牲者は出ているのかとか。

どのくらいの大きさだったのかなどなど。

そこで村長が知っている情報を聞いた後、拓実たちは村を出て討伐に向かった。

「んー、わたしたちが倒したカリよりもちょっと大きいかもしれないね」

これは、村でその道数十年、猟師一筋の男からの情報。遠くにカリを発見し、その猟師が様子を見に行った結果だ。

数日前、カリが近辺に現れた。

その知らせを受けた猟師は、村を代表して近辺を探索、カリを発見。

木の枝の上で息を潜めて身を隠し、近くを通過していくカリをやり過ごしながら観察をし続けたのだという。

その猟師がもたらした情報なら信ぴょう性が高い。

ずっと森や草原で生きてきた仕事一筋の職人の言葉だ。

「あっちの森か」

「だぁな。ちと遠いなぁ」

視線の先、地平あたりにうっすらと見える森。

村のほど近くにも森はあったけれど、そこでは見かけたことはないそうだ。

「村に気付いてんのかなぁ」

「分からないにゃあ。知ってて無視してるんかにゃ？」

カリはとても頭がいい怪物だとユミルは言っていた。

そして獰猛《どうもう》で攻撃的。

犠牲者は毎年後を絶《た》たないと。

そして幼体であろうと強靱な肉体を誇ることは分かっている。

であれば、あの森から村までの距離なんて、カリにとっては大したこと無いに違いないのだけれど。

「どうだろうなあ？」

分からない。

カリが何を考えているのか。

しかし、犠牲者が出ていないのならばそれに越したことは無い。

村人に犠牲者が無いのは奇跡だ。

こんな近くにカリがいるのに。

今後出るかもしれない被害を未然に防ぐためにも、今ここで討伐するのがいい。

「じゃ、ぼちぼち行ってくるぜぃ」

「おう、気をつけてな」

天野を見送る山西。

「ういうぃー」

森まで至近になったところで、天野がいつものように探索しに行った。

最初のうちは全員で突入していたのだけれど、最近はまず天野が先行するスタイルに変わった。

大体二時間ほど様子を見て、大まかな方針を決めてから動くことにするという意図がある。

森に入ってからだと判断が遅くなる、というのがあった。

いつも通り二時間ほどで、天野が森の探索から戻ってきた。

「どうだったの？」

「ん、いたよ」

「いた？」

「マジか、一発ビンゴかよ」

運がいいやら悪いやら。

なんといきなり当たりを引き当てたらしい。

この広い森でいきなり見つけたのもそうだけれど。

まさかまだこの地域にいるなんて。

一体何を考えているのか。

「こっちねん」

天野が森に再突入する。

遅れないように、拓実たちも彼女を追って森に入り込んだ。

あの村の狩人《かりゆうど》もここまではあんまり来ないようで、獣道があるのみで人が歩く道はなかった。

「歩きにくいね、この森……」

楓がとても大変そうに歩いている。

山西が道を拓かなければもっと苦労していたに違いない。

枝や葉が邪魔なだけではなく、地面も根が露出したりぬかるんだりしていて足が取られる。

「もうちょっとの我慢だから耐えるべし！」

天野の言いようからすると、だいぶ近いらしい。

謎《なぞ》はたくさんあれど。

ここまで来たら、集中すべきである。

それから三分後。

天野が歩く速度を急激に落とした。

それに合わせて、拓実たちも息をひそめる。

戦闘前の探索時は、天野の指示が絶対。

それは示し合わせたわけでもなく、自然に決まったルールだった。

何せ彼女以上のスカウトは他の三人にはできない。

「ほら、あそこ」

ぼそりと呟《つぶや》く天野。

さすがに事ここに至って、彼女も軽薄な雰囲気はなりを潜めている。

天野が示す先。
そこには確かに、カリがいた。
手には仕留めたらしい猪《いのしし》の死体を持って、のしのしと歩いている。
狩りをした帰りのようだ。
「よし……じゃあやるか、山西」
「後ろは任せろ」
作戦と呼べるほどのものではないけれど。
まずは拓実と山西が突っ込んでターゲットを引き付ける。
そして天野がけん制に出て、楓が大ダメージを狙う。
もうすでに戦ったことがある相手だし、これでいけるはずだ。
とはいえ。
これは上級ハンターへの昇格試験依頼。
今後依頼はさらに難しく、戦いはさらに厳しくなっていく。
カリ以上の敵、という領域は拓実たちにとっても未体験。
なので前哨戦《ぜんしょうせん》ともいえるカリとのこの一戦。
格下だからとナメてかかるつもりはなかった。

「じゃ、先に行くぞ」

「おう」

拓実がまず飛び出した。

どうやら気付いていなかったらしいカリ。

しかし勢いよく迫る拓実を見て即座に戦闘態勢に移行。

「ガアッ！」

拓実を迎え撃つ準備万端のカリ。

そこにこの勢いのまま突っ込んでいってもいいのだけれど。

まずはここで勢いを殺して立ち止まる。

タイミングを外されたカリに、攻撃を加えるのは難しくはない。

（あの時は避《よ》けてしまった……）

前回。

タイミングを外させて体勢を崩《くず》させた。

でも今回は違う。

正面に立って、相対した。もう、恐れない。相手の命を奪うのは、自分だ。だからこそ敬《うやま》い、自分の意思で戦い、倒すのだ。

「はあっ！」

カリが熊《くま》の様に構える。

両手を掲《かか》げて仁王立《におうだ》ち。

そして拓実が間合いに入りそうなタイミングで振り下ろしてくる爪。

「ここだ！」

その爪を間一髪避けて、膝《ひざ》に狙いを定めて蹴り。

突進の勢いが乗った蹴りを受けて、カリが体勢を崩した。

「グオ⁉」

骨を折るまではいかない。

さすがに一発で骨が折れるほど、カリが弱いわけがない。

しかし多少体勢が崩れるのは必然。

以前の相手の攻撃を避けることでの体勢崩しとは違う。

能動的に攻撃を加えて体勢を崩し、加えてダメージも与えた。

肉厚の筋肉を貫通して衝撃を内部まで通せた。

「ナイス！」

そこに、山西が吶喊《とっかん》した。

振り下ろされた爪はまだそのままだ。

山西はすれ違いざま。

振り下ろされた方の腕を肩から斬《き》り飛ばした。

速度は目立ったものはない山西がこれだけの一撃を加えられたのは、拓実が初動で体勢を崩したからなのは間違いない。

「ガアア⁉」

さすがに大きなダメージだ。

腕が飛んだので当然。

だが、これで終わるわけではない。

「はっ！」

いつの間にか間合いに踏み込んでいた天野がひらりひらりと蝶《ちょう》のようにカリの身体を駆け上がり。

両の耳に短剣を押し込む。

そしてすぐに引き抜き、足で後頭部を蹴って離脱。

何気に一番えげつない攻撃。

血が舞う。

致命傷とまではいかないけれど、これで三半規管も破壊した。

後は。

「十分な隙だよ……！」

これだけおぜん立てしてもらえれば、十分。

拓実が飛び出してから天野が機動力を奪うだけの時間があれば。

カリを仕留めるための魔法の準備をするには、十分に過ぎた。

「束《たば》ねよ、息吹。突き崩せ、大地の刃……！」

振りかぶった右手に、土で出来た剣が浮かび上がる。

「森羅《しんら》の剣！」

それを、カリに向けて投げた。

物を投げる行為《こうい》はそれほど得意ではない。

だけど、今楓が放ったのは魔法。

魔力を操作すれば、コントロールはそれほど難しいことじゃなかった。

どす、とカリの胴体のど真ん中に突き立った剣。

「ガッ……グオオ！」

これは魔法そのものもダメージを与えるものだけど。

不意に刺さったそれを引き抜こうとカリが残った腕で摑んだところで。

身体の奥深くに突き刺さったことで染み込んだ血を養分に、幾束《いくたば》ものツタが伸びてカリを拘束《こうそく》した。

人間の腕ほどのツタ。

カリのパワーなら引きちぎれそうなものだが、叶わない。

それもまた、魔力でできたものだからだ。

出血と、剣に吸われる養分としての血。

あっという間にカリの身体をめぐる血が干《ひ》からびていき。

「ガガ、ア……」

カリの身体から急速に力が失われ。

やがて目から光が消えた。

がくりと息絶えるカリ。

「うわ、えげつな」

「すんげぇ魔法だな」

「うわー、楓っちやるじゃん」

さすがにその壮絶な死に際《ぎわ》には、拓実たちも同情の念を禁じ得ない。

楓としては、いくつかある確実に仕留められる手のうちひとつを選んだに過ぎないのだろうけれど。

ともあれ、これで依頼は達成だ。

やはりというべきか、カリであればこうして問題なく勝てることが分かっていて。

そして予想通りの結果になった、というだけだった。

まあそれでも、各々が自らの役目を果たそうとした結果なので、悪くはないだろう。

ちょっとばかり味方のはずの拓実たちが引いてる気がするのが気になるけれど。

「グルル……」

「……ッ！！？」

後はカリの核を取り出して終わり、というところで。

天野がものすごい勢いでバックステップ。

いつの間にそこにいたのか。

カリよりも倍近く背が高い怪物が、立っていた。

直線距離で数十メートル。

確実に百メートルは離れていない。

まさか、ここまで接近されるまで気付かないとは、誰が予想できたか。

「……っ、カリダ……？」
思わずのけぞってしまうような匂いが、鋭敏になった獅子《しし》の鼻に刺さる。
これほどに濃厚な暴力の匂いは、キングゴブリン、レッサーワイバーンはおろか、
カリからも感じたことは無い。
間違いない。
これは、カリダだ。
オズの魔法使いにおける、凶悪かつ強力な魔物。
原典のドロシーたちも、直接倒した描写はなかった。
崖を渡った時に二頭を落としたくらい。
あんなのでカリダが死んでくれたら苦労はない。
「あれが……！」
カリとはわけが違う威圧感。
存在の格が違う。
何故《なぜ》こんなところにいるのかも分からない。
しかし、現実としてカリダはここにいた。
「なるほどな。こいつが、上級ハンターじゃないと受け止めきれないってヤツか

「……！　さすがカリダの面目躍如《めんもくやくじょ》ってとこかね……⁉」

あえて不敵に笑って見せる山西。

しかし、それとは裏腹に足が固まっている。

身もふたもないことを言えば、威勢がいいのは声だけ、とも言えた。

「これが、カリダ……」

いや違う、これはカリダじゃない――

拓実、山西、天野が疑問を感じていないのは、カリダの姿を知らないから。

幼体であれだけの威容なのだから、成体になったらこのくらい恐ろしい見た目でもおかしくないと思ったのだろう。

視線の先にいるカリダらしきもの。深紅の毛皮に包まれた分厚い身体に、角を持ちたてがみに覆われた虎《とら》の顔。

楓が知っているカリダは、カリが大きくなった姿。角があったり、毛皮が深紅ではなかったはずだ。原典に、そんな描写はなかった。

「これが、改変の影響なの……？」

楓の呟きを、カリダが撒《ま》き散らす暴風のような圧力がふき散らす。誰にも届くことなく空の彼方に消えて行った。

そんな想《おも》いなど知ったことではないと言うかのように、カリダの亜種は、ある一点に集中している。

全員の命を漏れなく脅かしたことで満足でもしたか。拓実に向けて右手を突き出し、くいくいと動かした。

その手は間違いなく拓実を向いていた。

これだけ堂々とされるとかえって手を出しにくくなってしまう。

もちろん、カリダが放っている存在感、威圧感も大きな理由のひとつなのは間違いない。

上等だ。

あえておのれを鼓舞する拓実。

何故拓実が選ばれたのかは分からない。問いかけても人語を発せるとは思えないし、発せたとしても返事をしてくれるとも思えなかった。

カリダの右目をまたぐように額から頬《ほお》まで、まるで鋭利な刃物で切られたかのような傷痕《きずあと》がある。

それもまた、大きな、特別な存在感を演出していた。

ともあれ、カリダが望むのなら出て行かない理由はない。

「お、おい拓実……」

「あいつは、俺を呼んでるみたいだから……」

拓実は気合を入れて勇気を振り搾《しぼ》り、前に出た。

カリダはまるで「かかってこい」とでも言わんばかり。

威圧感、存在感は確かにすさまじい。

でもなぜか、カリダに近づくにつれて、拓実は自身の中の恐怖心が薄れていくのを感じていた。

それは、カリダもまた誇りと敬いをもっておのれと対峙《たいじ》しているから、だろう。

「行くぞ……！」

全力。

このライオンの身体に宿るすべてのパワー。

そのすべてを拳《こぶし》に乗せて、解き放つ！

ぱぁん、と空気がはじけた。

今放てる、拓実の最大の攻撃。

カリよりも二回りほど背が高く、分厚い肉体の持ち主であるカリダが、一メートルほど後ろに下がらされた。

渾身《こんしん》の一撃のつもりだった。
カリダは拓実の攻撃を受け止めた腕を少しの間眺め。
「グルル……」
満足げに唸ると、踵《きびす》を返して森の中に消えていく。
最後に見せたその目が、まるで「もっと腕をあげてこい」とでも言っているようで。
勝負に負けた感がひしひしと伝わってくる。
何故襲ってこないのか。
恐ろしいまでの、まるで人と遜色ないその理知的な行動。
何を考えているのかさっぱりだ。
ただひとつ、敗北感を拓実たちに与えて。

◇

カリダはいなくなった。あとには火薬の燃えたような匂いだけが残った。
戦いにもならなかった。まったく勝ち目がなかったことがよくわかる。
ぞくりと毛が逆立《さかだ》ったような感覚が残る。本来なら殺されて終わっていた。という感覚だ。生きているのは単純に見逃されただけというのがわかる。
形としてはカリダを討伐したということになる。
「これで終わりなのかしら」
楓が不思議そうに言った。たしかにあっけない。
けが人も出ず。
未来の犠牲者も防ぎ。
無事に上級ハンターになる資格を得ることができた。
後はエリーに報告したら無事に上級ハンターの仲間入り、ハッピーエンド。
……なのだけれど。
どうやらそれで終わらせてはくれないらしい。
『まずは、お見事』
「誰⁉」
聞き覚えの無い女の声。
楓がぱっと顔をあげて周囲を見渡した。
拓実と山西はとっさに戦闘態勢を取る。
天野が気配を探って異常に備える。

しかしどこにも誰もいない。

天野の気配探知から逃れられる相手はそういない。

『ここです』

ぶん、とブラウン管のテレビをつけた時のような音がして。

そこには半透明の魔女が現れた。

緑色の肌。

三角帽に黒いローブ。

そのかんばせは非常に整っていた。

ユミルに匹敵《ひってき》するような美人で、三白眼の鋭い眼光が特徴だ。

「西の、魔女……！」

楓が思わず声をあげる。

緑色の肌と言えば西の魔女だ。

オズの魔法使いの後半で出会う重要な登場人物である。

オズの世界については楓が一番分かっているので、こういうとき拓実たちは楓に任せることで認識を一致させている。

『わたくしのことを知っているようでなによりです』

西の魔女はふっと笑った。

『北の魔女が立てた、オズの世界を救う救世主ですね』

西の魔女が楽しそうに言った。その表情は実に楽しそうである。拓実には不自然に感じられるほどに。

「……聞いたんですか？」

『いいえ。ですが、分かりますよ』

そこまで言われれば、分かるのだろうと納得するしかない。

まあ、ライオンとブリキのきこりとわらのかかしがいれば、問うまでもない、というのもその通りだから。

『強くなりましたね。ですが、今のままでは全く足りません。わたくしがいかに油断していようと、触れることすら叶わぬでしょう。もっと力をつけ、強くなりなさい。そして……』

西の魔女は、おのれの喉元《のどもと》を人差し指でついた。

『わたくしを、倒しに来るのです。オズの魔法使いの世界を、取り戻すために……』

西の魔女は、最後は弱点の水を浴びて消えてしまう。

つまり、彼女は原作通りに、水を浴びせて消せ、と言っているのだ。

『あなたたちに会えるのを楽しみにしていますよ。わたくしたちに、オズの魔法使いの登場人物でいさせてくださいね』

最後にそう言って西の魔女は消えていった。

「どういうことなの？」

楓が納得いかないという様子で言った。

「これから西の魔女を倒すということじゃないか？」

拓実がいう。

「そんなことはわかるわよ。どうしてわたしたちが西の魔女を倒すのかってことよ。さっき、強くなったって言ってたわよね。でも全然強くない。カリダが勝手に消えただけ。わたしたちは弱いままじゃない」

たしかにその通りだ。まるで強くない。ゲームの中にさしこまれたムービーのようにイベントが起こっただけである。

相手の手の平の上で踊っただけだ。

この出来の悪いシナリオをどうするのか。拓実は考え込んだ。前に進むしかないのはわかっているがこのオズにはまだまだ謎があるらしい。

そもそも単なる高校生である拓実たちがオズの登場人物を演じていること自体なに

かの罠がある気がする。

「こりゃあ気を抜いてらんないね。ぜんぜん足りてないらしいよん」

天野がおどけたように言った。しかし声には緊張感がある。

どうやら全員がこの事態に違和感を持ったらしい。

「そうだね……もっともっと、がんばらないといけないんだね」

楓も言う。なんといっても楓が主人公なのだ。どうしたものか、という声だった。

「上等ォ。あそこまで言われたら、やらねぇワケにゃいかねぇじゃねぇか」

山西も言う。

みんなが、から元気を見せていた。

それでいい、と拓実は思った。最初はから元気でいい。だんだんと追いつけばいいのだ。

西の魔女を倒しに行くというレールが目の前に敷かれている。その上を歩いていけば運命通りなのか、途中で運命が変わるのか拓実にはわからない。

しかしこの運命から逃げる方法もなさそうだった。

勇気のないライオンとしての拓実の役割はなんなののだろう、と思いつつ、案外楽しいと思っていた。

高校生活よりも拓実にはあっているのかもしれない。

いずれにしても拓実たちの旅は始まったばかりだ。どんな運命が待っているにせよ、いまの生活を楽しもう。

拓実はそう心に決めたのだった。

そして。

運命の扉は新な旅を呼ぶことになる。

本書はハルキ文庫の書き下ろし作品です。

う 12-1

転生《てんせい》オズの魔法使《まほうつか》い

著者 内田《うちだ》 健《たける》

2022年4月28日第一刷発行

発行者 角川春樹

発行所 株式会社角川春樹事務所
〒102-0074 東京都千代田区九段南2-1-30イタリア文化会館

電話 03(3263)5247(編集)
03(3263)5881(営業)

印刷·製本 中央精版印刷株式会社

フォーマットデザイン bookwall

ISBN978-4-7584-4477-4

http://www.kadokawaharuki.co.jp/[営業]
fanmail@kadokawaharuki.co.jp[編集] ご意見·ご感想をお寄せください。